Danielle Steel

Américaine née à New York, Danielle Steel a passé son enfance et son adolescence en France, et parle couramment le français. Revenue à New York pour y poursuivre ses études, elle a ensuite travaillé dans la publicité et les relations publiques, avant de se tourner vers l'écriture.

Mère de famille nombreuse, Danielle Steel consacre beaucoup de temps à ses enfants, travaillant le soir et la nuit. Elle est présidente de l'Association américaine des bibliothèques et porte-parole de plusieurs associations caritatives, dont le Comité de prévention de l'enfance maltraitée. Elle a crée en 1998 à la mémoire de son fils la Fondation Nick Traima, qui a pour vocation de venir en aide aux jeunes en difficulté.

Ses romans restituent avec réalisme des expériences humaines fortes, et sont le fruit d'un long travail de documentation; son inspiration la conduit souvent à mener de front la rédaction de plusieurs livres. Avec près de cinquante titres publiés, best-sellers mondiaux traduits dans près de trente langues, elle est l'un des auteurs les plus lus au monde.

Le klone ou le
down et moi.

Je suis parfois un
down puis un down

amoureux.

Comme vous
[signature]

LE KLONE ET MOI

DU MÊME AUTEUR
CHEZ POCKET

COUPS DE CŒUR
UN SI GRAND AMOUR
JOYAUX
DISPARU
LE CADEAU
ACCIDENT
NAISSANCES
PLEIN CIEL
CINQ JOURS À PARIS
LA FOUDRE
MALVEILLANCE
LA MAISON DES JOURS HEUREUX
AU NOM DU CŒUR
HONNEUR ET COURAGE
LE RANCH
LE FANTÔME

DANIELLE STEEL

LE KLONE ET MOI

PRESSES DE LA CITÉ

Titre original : *THE KLONE AND I*
Traduit par Vassoula Galangau

Le Code de la propriété intellectuelle n'autorisant aux termes de l'article L. 122-5 (2ᵉ et 3ᵉ a), d'une part, que les « copies ou reproductions strictement réservées à l'usage privé du copiste et non destinées à une utilisation collective » et, d'autre part, que les analyses et les courtes citations dans un but d'exemple ou d'illustration, « toute représentation ou reproduction intégrale ou partielle faite sans le consentement de l'auteur ou de ses ayants droit ou ayants cause est illicite » (art. L. 122-4).
Cette représentation ou reproduction, par quelque procédé que ce soit, constituerait donc une contrefaçon sanctionnée par les articles L. 335-2 et suivants du Code de la propriété intellectuelle.

© Danielle Steel, 1998
© Presses de la Cité, 1999,
pour la traduction française.
ISBN : 2-266-10471-3

A Tom Perkins
et à ses nombreux visages,
Dr Jekyll, Mr Hyde
et Isaac Klone, qui, parmi tous,
offre les plus beaux bijoux...
Mais surtout à Tom,
qui m'a donné le Klone
et tant de bons moments.
Avec toute ma tendresse,

D.S.

1

Mon premier mariage s'est terminé exactement deux jours avant Thanksgiving. Je m'en souviens comme si c'était hier. J'étais à quatre pattes, à la recherche d'une chaussure sous le lit. Ma vieille chemise de nuit préférée, en pilou lustré par les lessives, s'était entortillée autour de ma taille. C'est alors que Roger, mon cher et tendre époux, entra dans la chambre conjugale ; il portait un pantalon de flanelle grise et un blazer. Très élégant, comme toujours. Impeccable.

Je l'entendis prononcer une phrase inintelligible au moment où je découvrais sous le lit une paire de lunettes perdue depuis deux ans, un bracelet fluo dont j'avais oublié l'existence, un chausson rouge qui avait dû appartenir à mon fils Sam, quand il était tout petit. La preuve qu'aucune de mes femmes de ménage n'avait jamais eu la curiosité de regarder sous les lits.

J'émergeai, échevelée, tirant pudiquement sur ma chemise.

— Qu'est-ce que tu as dit ? m'enquis-je avec un sourire estampillé d'un petit morceau de myrtille, vestige du muffin que j'avais grignoté une heure auparavant.

Le bout de myrtille, je l'aperçus plus tard en me regardant dans le miroir. J'avais alors pleuré, mon nez était comme une tomate et mes yeux bouffis. Mais à ce moment précis de l'histoire, je souriais encore, sans me douter de ce qui allait me tomber dessus.

— Je t'ai demandé de t'asseoir, répondit Roger.

J'ai toujours eu un mal de chien à soutenir une conversation convenable, avec un homme impeccablement habillé, lorsque je suis fagotée comme l'as de pique. Heureusement, mes cheveux étaient propres et mes ongles limés, bien que dépourvus de vernis. Je n'aime pas le vernis à ongles ! L'ongle laqué trahit l'âme de midinette alors que, nu et carré, il révèle des aspirations hautement intellectuelles. Un ongle coloré ne supporte aucun défaut, ce qui demande beaucoup d'application et un temps fou. Moi, j'étais mariée. Et à l'époque, je nourrissais encore l'illusion que les épouses et autres mères de famille peuvent se passer d'artifices. Hélas, je me trompais lourdement et j'allais bientôt en avoir la preuve.

Nous nous étions assis face à face, au pied du lit, dans deux fauteuils jumeaux tapissés de satin, qui ne semblaient pas à leur place. C'est Roger qui avait choisi leur disposition, probablement parce que sa mère en aurait fait autant. Roger évoquait sa mère à tout bout de champ, et si je m'étais interrogée sur cette manie, j'aurais probablement éclairci une partie du problème.

Il me regardait comme s'il avait une importante déclaration à faire, et je regrettais de n'avoir pas eu le temps de troquer ma vieille chemise contre mon jean et mon sweat-shirt, l'incontournable tenue de mes journées. Je ne sacrifiais pas aux apparences, ni aux lois de la séduction. J'étais accaparée par mes responsabilités de maîtresse de maison, par mes enfants et par mon mari. Le sexe non plus ne faisait pas partie de mes priorités. Nous nous aimions de temps à autre, bien sûr, quoique de plus en plus rarement.

— Est-ce que ça va ? demanda-t-il.

De nouveau, j'exhibai dans un sourire nerveux toutes mes dents, plus le morceau de myrtille.

— Oui, ça va, dis-je sans avoir bien saisi le sens de sa question. Pourquoi ?

J'attendis patiemment sa réponse. Avait-il eu une promotion ? Je penchais plutôt pour la perte de son emploi, auquel cas il m'emmènerait bientôt en Europe. Ces voyages-surprises étaient sa manière de se dédouaner chaque fois qu'il était licencié. C'est-à-dire souvent ! Mais, cette fois-ci, il lui manquait l'air penaud qui, d'habitude, accompagnait la déclaration... Non ! Mon instinct m'avertissait qu'il ne s'agissait ni de son travail, ni de vacances, mais d'une autre sorte de surprise.

Le silence se prolongeait. Je me sentais déraper imperceptiblement sur mon fauteuil — j'avais oublié combien le satin est glissant. Je lissai ma chemise de nuit sur mes genoux. Il y avait quelques accrocs sur le tissu usé et pour éviter d'attraper froid j'avais enfilé par-dessous un T-shirt élimé. Voilà l'allure que j'avais depuis treize ans maintenant... Treize ans de mariage heureux, du moins je me le figurais. Et tandis que je fixais Roger, dans l'attente d'une réponse qui tardait à venir, il me parut aussi familier que ma vieille chemise. Comme si nous étions mariés depuis toujours et que, tout naturellement, nous allions finir nos jours ensemble. Il ne pouvait en être autrement. Nous étions amis d'enfance, nous avions grandi ensemble, il avait été mon meilleur ami et mon confident des années durant. Je lui vouais une confiance absolue. Il me comprenait, il savait tout de moi, il ne ferait jamais rien pour me blesser, je le savais. Bon, d'accord, de temps à autre il devenait grognon comme tous les hommes, surtout quand il lui arrivait de perdre son emploi, mais dans l'ensemble il me témoignait de l'affection, de la gentillesse.

En affaires, Roger n'avait rien d'un foudre de guerre. Quand nous nous étions mariés, il était dans la publicité, ensuite il avait versé dans le marketing, puis dans des investissements plus ou moins utopiques. Sans succès, hélas, mais cela ne me touchait pas. Roger était Roger, un homme doux et généreux dont je tenais à être la femme. Nous n'avions pas de problèmes d'argent. Avant sa mort, mon grand-père m'avait légué un trust fiduciaire appelé Umpa, qui nous permettait sinon de mener grand train, du moins de jouir d'une existence aisée. Nos arrières assurés, je considérais d'un œil indulgent les erreurs financières de mon époux.

Roger n'était jamais parvenu à garder le même emploi plus de deux ans. Mais s'il ne gagnait pas des mille et des cents, il avait d'autres qualités. Il s'entendait à merveille avec les enfants, nous appréciions les mêmes programmes télévisés, nous aimions passer nos vacances à Cape Cod, nous adorions les mêmes films stupides — nous allions au cinéma une fois par semaine —, et surtout, il avait de magnifiques jambes d'athlète !

Nous étions amants depuis l'université. A l'époque, je pensais que ses prouesses amoureuses auraient fait pâlir de jalousie Casanova en personne. J'avais offert ma virginité à Roger. Et il me chantonnait à l'oreille les douces mélodies sur lesquelles nous dansions. C'était un danseur exceptionnel, un bon père, un excellent ami. Quelle importance, s'il n'arrivait pas à conserver ses emplois ? Umpa pourvoyait à nos besoins. Et Roger suffisait amplement à mon bonheur.

— Oui ? Que se passe-t-il ? demandai-je au bout d'un moment d'une voix chaleureuse, en croisant mes jambes nues.

Je ne m'étais pas rasé les jambes depuis des semaines mais nous étions en novembre et Roger ne tenait pas compte de ces détails. Après tout, je n'allais pas à la plage ! Je restai donc assise dans mon fauteuil de satin glissant en attendant la surprise, car de toute évidence, il allait me surprendre.

— J'ai quelque chose à te dire, commença-t-il, aussi précautionneux que si j'étais reliée à des bâtons de dynamite qui risquaient d'exploser d'une minute à l'autre.

A part mes jambes velues et mon sourire à la myrtille, je devais avoir l'air aussi inoffensive que d'habitude. J'ai bon caractère, pas mal d'humour, peu d'exigences. Notre couple fonctionnait beaucoup mieux que ceux de nos amis. Je croyais dur comme fer que nous ferions un très long chemin ensemble. Je nous imaginais sans peine côte à côte, cinquante ans plus tard.

— Qu'y a-t-il, chéri ? questionnai-je de nouveau tout en me demandant si son patron ne l'avait pas mis à la porte, finalement.

Il avait passé cette douloureuse épreuve moult fois. Ses emplois duraient de moins en moins longtemps. D'après lui, ce n'était jamais sa faute. Le patron le prenait en grippe, ses nombreux talents passaient inaperçus et après tout, comme il disait, « seuls les imbéciles se tuent au boulot ». Depuis six mois, d'ailleurs, il se demandait pourquoi travailler, si c'était pour subir les caprices d'un P-DG. Il parlait d'une année sabbatique durant laquelle il sillonnerait l'Europe avec les enfants et moi, ou bien il écrirait un livre. Ça, c'était nouveau, et j'associais sa tardive vocation d'écrivain à l'approche de la cinquantaine, qui vous pousse vers l'art ou l'introspection. Eh bien, si tel était le cas, Umpa nous tirerait d'affaire une fois de plus. Afin de ne pas embarrasser Roger, je n'évoquais jamais ses échecs, ni le fait que mon défunt grand-père avait, de son vivant, entretenu toute la famille. Je souhaitais que la vie sourie à Roger... Roger qui ne serait jamais un nabab de Wall Street.

— Que se passe-t-il, mon amour ? redemandai-je.

Il dédaigna ma main tendue vers lui. Son visage s'était rembruni. On aurait dit qu'il venait d'être accusé de harcèlement sexuel ou déshonoré devant les membres de son club et qu'il n'osait m'en parler.

Enfin, il ouvrit la bouche. Et voici la déclaration que fit ma chère et tendre moitié :

— Je crois que je ne t'aime plus.

Il me regardait droit dans les yeux. Comme s'il s'adressait à une extraterrestre et pas à son épouse, la femme qu'il croisait tous les matins dans la même vieille chemise de nuit en pilou.

— Quoi ?

Le mot avait jailli, comme une fusée.

— J'ai dit que je ne t'aimais plus.

Il paraissait sincère.

— Pardon ! objectai-je, remarquant tout à coup qu'il portait la cravate que je lui avais offerte à Noël dernier. Tu as dit que tu croyais ne plus m'aimer. Il y a une grande différence.

Nous nous disputions toujours pour des broutilles : qui avait fini le lait et ne l'avait pas remplacé, qui avait laissé les lumières allumées... Jamais des sujets considérés comme sérieux, comme l'éducation de nos enfants, n'avaient mis notre entente en péril. D'ailleurs, il n'y avait pas de quoi : je m'occupais de tout, pendant que Roger taquinait le goujon avec ses copains lors de mémorables parties de pêche, jouait au golf, au tennis, ou soignait le rhume le plus récalcitrant de l'histoire de l'humanité. De fait, tout ce qui touchait aux enfants était de mon domaine. Roger se contentait d'être un danseur hors pair, un compagnon enjoué, un hôte délicieux. Le sens des responsabilités, en revanche, ne faisait pas partie de ses qualités. Il s'occupait davantage de lui-même que de moi, mais en treize ans de vie commune, j'avais réussi à ne pas m'en apercevoir. J'avais ce que je voulais : un mari, des enfants, une famille unie. Roger avait exaucé mes rêves. Nous avions deux enfants formidables. Je vivais sur mon petit nuage, sans remarquer que mon époux ne se mettait pas en quatre pour me faire plaisir.

— Mais que s'est-il passé ? m'écriai-je, luttant contre une vague de panique qui commençait à me submerger.

L'homme de ma vie venait de me signifier qu'il « croyait ne plus m'aimer ». Comment une chose pareille avait-elle pu se produire ?

— Je ne sais pas, répliqua-t-il, un peu gêné tout de même. Un beau matin, en regardant autour de moi, j'ai compris que je n'appartenais pas à cet univers.

Quoi ! C'était bien pire que de perdre son emploi. Car, cette fois-ci, c'était moi qui me faisais renvoyer.

— Tu n'appartiens pas à cet univers ? articulai-je laborieusement. Qu'entends-tu par là ?

A force de glisser, je me retrouvai au bord du fauteuil de satin. En même temps, je réalisai que j'étais laide... Oui, très laide dans cet accoutrement. Oh, j'aurais dû depuis longtemps renouveler ma garde-robe, mais je n'en avais pas eu le temps.

— Tu vis ici. Nous nous aimons. Nous avons deux enfants. Pour l'amour du ciel, Roger, qu'est-ce qui t'arrive ? Es-tu saoul ? drogué ? déprimé ? Fais-toi prescrire des médicaments. Du Prozac. Du Zoloft. Du Midol. N'importe quel antidépresseur. Tu n'es pas malade, au moins ?

Je m'efforçais de dédramatiser la situation. En fait, je sombrais. Jamais auparavant il n'avait proféré une telle ânerie, à part lorsqu'il menaçait de devenir romancier ou scénariste, lui qui, de sa vie, n'avait rien rédigé, ne serait-ce qu'une simple lettre.

— Je vais bien.

Il me fixait d'un air absent, comme s'il ne me connaissait plus ; comme si, déjà, je lui étais devenue étrangère. J'avançai le bras, cherchant fébrilement sa main. Il se déroba.

— Non, Steph ! C'est sérieux.

Un irrépressible flot de larmes me mouilla soudain les joues.

— Je ne te crois pas ! me récriai-je.

J'essuyai mes larmes avec le bas de ma chemise, qui vira au noir. Mon mascara de la veille avait coulé sur mon visage. Pas très joli peut-être, mais convaincant.

— Nous nous aimons ! m'entêtai-je. C'est impossible. Tu ne peux pas me faire ça. Tu es mon meilleur ami !

Mais il ne l'était plus. En un instant, il était devenu un ennemi.

— Mais si, c'est possible, dit-il.

Seigneur, ces yeux vides ! Dans sa tête, il était déjà parti, je le sus à ce moment-là. J'en eus le cœur brisé. Comme si de puissants coups de bélier l'avaient transpercé avant de le pulvériser.

— Et quand as-tu décidé que... que c'était fini entre nous ?

— L'été dernier, rétorqua-t-il calmement. Le quatre juillet, ajouta-t-il avec une précision admirable.

Pourquoi le quatre juillet ? Quelle faute avais-je commise le quatre juillet ? Je ne l'avais trompé avec aucun de ses amis, je n'avais égaré aucun de nos

17

enfants, ma société fiduciaire n'avait pas fait faillite. Et d'ailleurs, comment comptait-il continuer à vivre sans mes revenus, ma complaisance, ma constante bonne humeur ?

— Pourquoi ? murmurai-je, ayant conscience que je me répétais.

— Ce jour-là, en te regardant, j'ai su que c'était terminé, expliqua-t-il froidement.

— Pour quelle raison ? Il y a quelqu'un d'autre dans ta vie ?

Il afficha une expression ulcérée.

— Bien sûr que non !

Bien sûr que non ! Mon mari m'annonce qu'il ne m'aime plus après treize ans d'union ; il n'est pas interdit de supposer que j'ai une rivale aux seins énormes, qui s'épile soigneusement les jambes, elle !... Attention, ne vous méprenez pas. Je ne suis pas un monstre ! Je ne suis pas couverte de poils. Aucune moustache n'étale son ombre sur ma lèvre supérieure. Simplement, à l'époque, je m'étais... comment dire... un peu négligée. C'est tout. Les gens ne prenaient pas la fuite à ma vue. Il arrivait même que certains hommes, lors de cocktails, me trouvent attirante. Mais avec Roger, peut-être, sûrement même, je faisais moins attention. Je me laissais aller. Je m'habillais n'importe comment. Mes chemises de nuit ressemblaient à des sacs. Mais était-ce une raison pour m'abattre ? C'est, pourtant, ce qu'il fit.

— Tu vas me quitter ? voulus-je savoir, désespérée.

Je n'en croyais pas mes yeux. Et dire que j'avais jusqu'alors méprisé les femmes abandonnées...

18

Celles dont le mari demandait le divorce. Les mal aimées. Les perdantes. Eh bien, voilà : cela n'arrivait pas qu'aux autres. Moi aussi j'avais perdu la partie. Et, de surcroît, j'étais en train de déraper sur ce fichu fauteuil en satin, accablée par les aveux de Roger ; celui-ci m'observait comme s'il avait affaire à une inconnue, pas à la femme avec laquelle il avait vécu treize ans. Il me regardait comme si j'avais débarqué d'une autre planète.

— Oui, je crois, dit-il en réponse à ma question de savoir s'il allait me quitter.

J'éclatai en sanglots. Il m'avait assené le coup de grâce.

La peur m'étreignit. Une peur comme je n'en avais jamais eue de ma vie. Mon statut, l'homme qui constituait mon identité, ma sécurité, mon existence même, étaient sur le point de disparaître. Et alors ? Qui allait les remplacer ? Personne !

— Je vais partir, reprit-il. Il le faut. Je ne peux plus respirer ici.

Je n'avais jamais noté chez lui le moindre trouble respiratoire. Roger respirait normalement. Et il ronflait comme un sonneur... J'aimais bien l'entendre ronfler ! Il me faisait penser à un gros matou ronronnant dans mon lit.

— Les gosses me rendent dingue, poursuivit-il. Il y a trop de pression dans cette maison, trop de responsabilités, trop de bruit. Et puis je ne te reconnais plus. A mes yeux, tu es une inconnue.

— Moi ?

Une inconnue, moi ? Mais quelle inconnue déambulerait chez toi, Roger, les cheveux défaits, les jambes pas rasées, flottant dans une chemise de nuit

19

qui datait de Mathusalem ? Les inconnues portent des minijupes, des talons aiguilles, des pulls moulant leurs seins bourrés de silicone, mon pauvre vieux !

— Voyons, Roger, on ne peut pas se traiter d'inconnus alors qu'on s'est rencontrés il y a dix-neuf ans ! Tu es mon meilleur ami... insistai-je.

Mais plus maintenant.

— Quand partiras-tu ? parvins-je à murmurer, tandis que mon mascara continuait de me barbouiller le visage.

Je présentais un triste spectacle. Un spectacle pathétique... Je me sentais vraiment moche car, pour arranger le tout, mon nez s'était mis à couler.

— Je resterai jusqu'à la fin des vacances, offrit-il généreusement.

C'était gentil de sa part ! Et ça voulait dire qu'il me restait un mois pour m'adapter à la nouvelle situation. Ou pour le convaincre de rester. Savait-on jamais ? Un séjour enchanteur à Mexico... Hawaï... Tahiti... les Galapagos... Oui, un endroit torride et sensuel... Une plage de rêve, sous un ciel azuré, où je lui apparaîtrais sans mes T-shirts hideux, telle Vénus sortant de l'onde...

— En attendant, j'emménagerai dans la chambre d'amis, acheva-t-il.

Décidément, nous n'avions pas les mêmes projets ! Et ce n'était pas une blague. Roger paraissait plus sérieux que jamais. Mes pires craintes se réalisaient. L'impossible venait de se produire. Mon mari allait me quitter, il ne m'aimait plus, il me considérait comme une étrangère. Je réussis à lui passer les bras autour du cou, souillant de taches charbonneuses le col de sa chemise immaculée. Mes larmes trempèrent, invisibles, son blazer et j'enfouis mon nez, qui coulait toujours, dans sa cravate. Il resta de marbre sous mon étreinte, très droit, rigide, tel un employé de banque pris en otage par un gangster, le canon du revolver sur la tempe... Il ne voulait même plus que je l'approche.

Aujourd'hui, rétrospectivement, je ne lui en veux pas. Aussi loin que mes souvenirs peuvent remonter, je me rends compte que depuis longtemps nos ébats se résumaient au strict nécessaire. Nous faisions l'amour environ une fois tous les deux ou trois mois. Parfois, six mois s'écoulaient sans le moindre contact ; je finissais par m'en plaindre et il se soumettait au devoir conjugal...

Drôles de souvenirs ! Drôles d'émotions ! On revoit le passé en s'efforçant de trouver les bonnes réponses. Trop tard ! Dans le temps, je ne voyais pas les choses de la même manière. Je pensais que son manque d'ardeur s'expliquait soit par ses innombrables problèmes de travail qui le stressaient, soit par l'un des enfants qui nous avait rejoints dans notre lit, ou le chien, etc. Baliverne ! Je l'ennuyais, tout simplement. Il ne me désirait pas. Mais ce matin fatidique, le sexe était la dernière chose qui me traversait l'esprit. Je ressemblais à une funambule se balançant sur une corde effilochée au-dessus d'un abîme.

Il dénoua mes bras et me repoussa. Je battis en retraite dans la salle de bains où je versai toutes les larmes de mon corps dans une serviette éponge, après quoi l'ampleur des dégâts m'apparut dans le miroir. La figure bouffie, les cheveux dépeignés, le bout de myrtille sur les dents. L'horreur ! Et le fait de me voir telle qu'il m'avait vue une minute plus tôt déclencha une autre crise de larmes. Comment m'y prendre pour le garder ? L'entreprise semblait impossible. Je m'étais trop reposée sur mes lauriers ; j'avais cru que ma fortune avait tissé un lien puissant entre Roger et moi. Peut-être même avais-je compté, inconsciemment bien sûr, sur le fait que son incompétence à gagner sa vie le rendrait complètement dépendant. Cela avait marché durant tant d'années ! Je m'étais dit également qu'en lui épargnant les responsabilités et en me montrant toujours de bonne humeur j'alimentais son amour pour moi. Alors qu'à la fin il en était venu à me haïr.

Si mes souvenirs sont exacts, j'ai pleuré toute la journée. Le soir même, Roger s'installa dans la chambre d'amis. Il expliqua aux enfants qu'il avait du travail, et c'est comme un petit navire dans la tourmente que notre famille traversa Thanksgiving. La fête eut lieu chez nous. Il y avait mes parents, mes beaux-parents, Angela, la sœur de Roger, avec ses enfants. Le mari d'Angela l'avait quittée un an plus tôt pour sa secrétaire. Et maintenant, j'allais être répudiée à mon tour. Naturellement, je n'en soufflai mot à personne pendant le repas. Et aucun de nos invités ne s'aperçut de mes états d'âme, sauf Angela, précisément, qui me trouva triste mine. Exactement comme elle, lorsque Norman l'avait quittée, précisa-t-elle. Six mois de dépression profonde l'avaient conduite chez un psychiatre avec lequel elle filait aujourd'hui le parfait amour, c'était pourquoi elle s'estimait sauvée.

Noël fut encore plus sombre. Nous décorâmes l'arbre et pendîmes nos chaussettes à la cheminée.

Je ne cessais de pleurer. Je n'arrivais pas à croire que Roger allait partir. Je fis tout pour le retenir, excepté m'acheter de nouvelles chemises de nuit. Plus que jamais, j'avais besoin de mes points de repère. A présent, je portais en plus de grosses chaussettes de laine mal assorties. Roger, qui avait commencé une psychanalyse, était définitivement convaincu qu'il avait fait le bon choix. Tout allait bien pour lui : il n'avait même plus de problèmes à son travail et avait cessé de songer au fameux roman qu'il n'écrirait jamais.

Nous mîmes les enfants au courant le jour du Nouvel An. Sam avait alors six ans, et Charlotte, onze. Je crus mourir en entendant leurs sanglots. Une de mes amies, qui avait vécu la même expérience, décrivait ce genre de scène comme le pire jour de sa vie. Aujourd'hui je la comprends. Après l'annonce de notre séparation aux enfants, de violentes nausées m'assaillirent. Je partis me coucher, malade comme un chien. Roger, lui, passa un coup de fil et sortit dîner, frais comme un gardon, avec un ami. Je commençais à le détester. Il semblait en pleine forme, alors que je me sentais morte à l'intérieur. Il m'avait tuée. Il avait tué tout ce à quoi nous avions cru autrefois. Et le pire, c'était que je me détestais tout autant.

Il déménagea deux semaines plus tard. Je vous fais grâce de certains détails sans intérêt tout en mettant, néanmoins, l'accent sur deux points. Roger considérait que l'argenterie, le service de porcelaine, les meubles de prix, le lecteur de CD, l'ordinateur et l'équipement sportif lui appartenaient. En effet, il avait signé les chèques qui avaient servi à l'achat de ces objets — chèques, entre parenthèses, honorés par Umpa, *ma* société ! Il me laissait royalement le linge de maison, le mobilier bon marché, et la batterie de cuisine. Il avait engagé un avocat, chose que j'ignorais. Je le sus plus tard, lorsque je reçus les papiers. Mon époux réclamait une pension alimentaire pour lui-même, plus une pension pour les enfants. Celle-ci équivalait à ce qu'il pourrait leur offrir pendant les week-ends qu'ils passeraient chez lui, y compris leur dentifrice et la location des cassettes vidéo. *Et* il avait bien une petite amie ! Lorsque je découvris l'infidélité de Roger, je compris que tout était vraiment fini entre nous.

Je la rencontrai pour la première fois le jour de la Saint-Valentin. Roger était venu chercher les enfants. Elle l'attendait dans la voiture. La perfection faite femme ! Blonde, sexy, vêtue d'une jupe microscopique... Elle avait l'air d'avoir quatorze ans, et un quotient intellectuel proche de zéro. Roger, superbe dans sa parka de ski sur un jean, une mode qu'il avait méprisée toute sa vie, affichait un sourire resplendissant qui me donna envie de vomir.

Cet incident marqua la fin de mes dernières illusions. Devant moi se tenait la cause de mes malheurs. Roger ne m'avait pas quittée pour se prouver je ne sais plus quoi, comme il l'avait prétendu, ni parce qu'il ne voulait plus dépendre de moi ! Tous ces nobles arguments furent balayés dès que je posai les yeux sur cette créature de rêve. Elle était ravissante. Toute comparaison avec elle ne pouvait s'exercer qu'à mes dépens. J'avais oublié que le coiffeur, le maquillage, les chaussures à talons existaient. Je m'attifais de vêtements disparates, composés de sweat-shirts fanés, de shorts élimés, d'espadrilles pleines de trous. J'avais du poil aux mollets. Dieu merci, je me rasais encore les aisselles, sinon il aurait pris la poudre d'escampette beaucoup plus tôt ! Soudain, j'eus une image claire de ma personne ; une image peu flatteuse. En même temps, je m'aperçus que j'avais eu tort de m'occuper de Roger comme je l'avais fait. Un homme qui se laisse dorloter parce qu'il est trop paresseux pour se prendre en charge ne tarde pas à se retourner contre sa bienfaitrice. Oui, j'avais trop couvé Roger. Dans ma vision de la félicité, je le voyais comme un coq en pâte. Finalement, Umpa ne m'avait pas rapporté que du bonheur ! Mes revenus avaient fait de moi une sorte de caisse enregistreuse pour Roger, le substitut de sa propre mère, qui s'occupait de lui de la même manière, avant mon apparition. Et en treize ans de mariage qu'avait-il fait pour moi ? A part sortir la poubelle, éteindre les lumières, conduire les enfants à leur cours de tennis à ma place, quand j'étais prise... pas grand-chose, en vérité.

Oh, on en découvre des choses, quand on se donne la peine de réfléchir. Au bout d'une longue méditation, je jetai mes chemises de nuit. Toutes !... Sauf une, au cas où je tomberais malade et que j'aurais besoin d'un vêtement de nuit confortable. Les autres, à la poubelle !

Le lendemain, je pris rendez-vous chez la manucure et chez le coiffeur. Je me fis faire une jolie coupe. Tel fut le début d'un long, lent et pénible processus de métamorphose : se raser les jambes tous les jours, été comme hiver, faire du jogging dans Central Park deux fois par semaine, s'obliger à lire un journal du début à la fin, au lieu de se contenter de survoler les titres, porter du fond de teint matin et soir, même en allant chercher les enfants à l'école, recoudre mes ourlets, acheter de nouveaux sous-vêtements, accepter toutes les invitations, absolument *toutes*, même si je dois avouer qu'elles n'étaient pas nombreuses.

Je rentrais de mes soirées mondaines invariablement abattue. Il n'y avait pas d'équivalent masculin de l'amie de Roger, que Sam et Charlotte avaient surnommée Mlle Poupée, et dont le visage, les cheveux et les jambes me hantaient. L'ennui, c'était que je voulais lui ressembler, tout en restant moi-même.

Le processus de métamorphose dura environ sept mois. Lorsque je me sentis mieux, nous étions en été. Je payais docilement la pension alimentaire de mon ex-mari, j'avais remplacé l'argenterie, le service de porcelaine, une partie du mobilier, et je ne me réveillais plus tous les matins en cherchant le moyen de reconquérir Roger... ou de l'assassiner. Entretemps, j'avais repris contact avec le Dr Steinfeld, mon ancien psychanalyste. Nous avions recommencé nos bonnes vieilles séances et avancions laborieusement à coups d'associations d'idées, allant du buisson ardent au brouillard londonien. Bref, j'avais fait le tour de la question, j'avais compris pourquoi Roger était parti, même si je continuais à lui tenir rigueur de son manque de charité. Je lui avais pardonné ses bourdes financières, aussi aurait-il pu se montrer plus tolérant vis-à-vis de mon manque de coquetterie. Bon, d'accord, je m'étais délabrée, comme un bateau que plus personne n'apprécie. Des coquillages s'étaient incrustés sur ma coque, les vents violents du large avaient déchiré mes voiles, ma peinture s'était écaillée. Mais, nom d'un chien, je n'en demeurais pas moins un bateau drôlement bien bâti et n'importe quel capitaine qui m'aurait un tant soit peu aimée s'en serait aperçu. Pas Roger ! Roger n'avait rien vu, rien remarqué, et cela, depuis le début.

A part nos deux enfants, il ne restait plus rien de notre union. Treize ans fichus ! Evanouis dans les airs ! Un beau gâchis ! Je n'entendais parler de lui que lorsqu'il m'appelait pour annuler son week-end avec les enfants, préférant rester seul avec Mlle Poupée. J'appris incidemment qu'à part ses jambes magnifiques celle-ci avait des revenus plus élevés que les miens ! Elle adorait l'idée que Roger ne travaille pas. Elle trouvait l'oisiveté plus conforme à son esprit créatif, qui, selon elle, confinait au génie. Elle le poussait à écrire un scénario. Roger ne demandait pas mieux que de se couler dans le moule de l'artiste incompris. Mais il devait savoir que s'il pouvait se permettre un coquet train de vie grâce à ma pension alimentaire pendant les cinq prochaines années, conformément au verdict du juge, après, il se retrouverait sur la paille. Et alors ? Que ferait-il ? Il l'épouserait ? Il chercherait un emploi ? Se souciait-il encore d'avoir une position sociale ? Bah ! Il n'avait plus une once d'orgueil, et d'ailleurs, en avait-il jamais eu ? me demandai-je, égrenant inlassablement mes griefs.

Nous avions pris la décision de vivre ensemble dès la fin de mes études universitaires. Je travaillais comme assistante du rédacteur en chef d'un magazine. J'avais un salaire de misère. Comptable dans une petite agence de publicité, Roger gagnait aussi peu que moi. Nous voulions nous marier, bien sûr. Or, chaque fois que le sujet était évoqué, Roger renâclait. Nous n'étions pas prêts... Il n'était pas en mesure de fonder un foyer, et ainsi de suite. Six ans passèrent... Il avait changé quatre fois d'emploi, tandis que moi j'avais conservé mon premier poste. Lorsque j'eus vingt-huit ans, mon grand-père mourut... Il me laissait la fameuse société fiduciaire. J'étais promue rentière. Nous pouvions enfin unir nos destinées.

Je porte entièrement la responsabilité de ce mariage. C'était mon idée. Roger refusait de vivre à mes crochets. Je persévérai. Nous continuerions à gagner notre vie sans toucher aux intérêts de la société. Mon argument fit son chemin. J'insistai tant et si bien que Roger se rendit à mon opinion. Six mois plus tard, nous étions mari et femme, puis les choses se précipitèrent. Je fus enceinte et je dus quitter mon travail. Lorsque le bébé vint au monde, nous vivions déjà grâce à Umpa. A ce moment-là, Roger était au chômage. Il y resta un an. A une époque, il songea à devenir chauffeur de taxi. Je m'y opposai catégoriquement. Avec une épouse rentière, c'était vraiment stupide. C'est alors que ma mère me prédit, telle Cassandre, que Roger n'avait pas l'étoffe d'un bourreau de travail. Je défendis passionnément l'homme dont je portais le nom, et j'ignorai la mise en garde de ma mère.

Nous achetâmes un appartement en plein East Side. Roger finit par dénicher un job, pendant que je jouais avec délices la femme au foyer. Tous les après-midi, je promenais le bébé dans sa poussette.

Je m'asseyais sur un banc sous les vertes frondaisons du parc et échangeais des points de vue avec d'autres jeunes mamans. Umpa était synonyme de sécurité. Ma société permettait à Roger de n'accepter que les emplois qui l'intéressaient et de refuser les autres. Il jouissait d'une grande liberté. Et aujourd'hui, il était complètement libre ! Libre de toute responsabilité d'époux et de père, ce qui ne le changeait pas énormément. Il avait tout ce dont il rêvait, y compris Mlle Poupée, qui chantait ses louanges et lui répétait sur tous les tons quel artiste formidable il était et combien je l'avais persécuté en étouffant son talent. Roger lui souriait, béat, en se remémorant à quel point il s'était ennuyé avec moi. Le bougre avait de la chance ! Il repartait de zéro. Il recommençait une nouvelle vie. Avec une jolie fille. Et de l'argent. Je ne pouvais m'empêcher de me demander s'il m'avait jamais aimée. Si je n'étais pas simplement arrivée à point pour lui rendre la vie facile...

La tête pleine de questions, je m'apprêtais à tourner la page. A commencer moi aussi un nouveau chapitre de mon existence. Une nouvelle ère. Je me croyais prête.

Le divorce fut prononcé en septembre. En novembre, presque un an jour pour jour après sa scène de rupture avec moi, Roger épousa Mlle Poupée. Le fait que je n'aurais plus à verser de pension alimentaire ne me réjouit pas. Roger me manquait. Mes illusions me manquaient. C'est agréable d'avoir un mari, un corps qui vous réchauffe les nuits d'hiver, une personne à qui parler, quelqu'un qui surveille les enfants quand on a la grippe. C'est fou ce que ça vous manque, ces choses-là, quand on ne les a plus. Mais je réussis à surmonter ma peine. Et pendant ce temps, Helena, ma rivale, devenue Mme Poupée, prenait possession de tout ce que j'avais perdu. C'est-à-dire de Roger.

Au fil du temps, j'étais devenue plus honnête avec moi-même. J'avais fait le bilan et je savais exactement à quel moment j'avais fermé les yeux, et sur quels détails. S'il est vrai que j'avais choisi de me voiler la face, à présent je voyais clair. Roger était un excellent danseur. Il chantait juste aussi. Admettons qu'il avait même une belle voix. *Point final !* Mme Poupée ne tarderait pas à déchanter. Bientôt, elle s'apercevrait que son bien-aimé était incapable d'écrire une ligne, incapable de conserver un emploi, incapable de s'occuper d'elle... Oui, mais peut-être le savait-elle déjà et s'en moquait-elle. Après tout, peu m'importaient les futures déconvenues d'Helena. Elle m'avait bel et bien volé mon mari, et je restais le bec dans l'eau.

Pour la énième fois, je résumai ma situation. J'avais quarante et un ans, j'avais appris à me coiffer, mon thérapeute ne cessait de me répéter que j'étais une femme désirable, belle, intelligente. J'avais deux enfants que je chérissais tendrement et qui me le rendaient bien. Je m'étais acheté quatorze chemises de nuit. Sublimes ! Toutes en satin garni de dentelle. J'étais fin prête... Prête à rencontrer l'homme de ma vie !

Oui, mais comment ? J'étais entourée de couples. Les seuls hommes que je croisais étaient les maris de mes copines. Pour rien au monde je n'aurais eu une aventure avec l'un d'eux, bien que la plupart aient essayé de m'attirer dans leur lit. Aucun ne correspondait à mon genre et j'étais bourrée de principes. Mais si jamais le Prince charmant se montrait... alors là oui, j'étais prête à le séduire. J'avais les jambes lisses, les ongles faits, cinq kilos de moins... D'après mes enfants, avec ma nouvelle coupe, je n'avais rien à envier à Claudia Schiffer, ce qui prouve que l'amour filial est aussi aveugle que l'amour tout court. Vers Noël, treize mois après le jour fatidique où Roger m'avait annoncé son départ, j'avais cessé de pleurer. J'avais même relégué au fin fond de mon subconscient le fatal muffin aux myrtilles. Bref, je présentais tous les signes de la guérison.

Les rencontres vinrent après.

2

De nos jours, et à mon âge, rencontrer quelqu'un est un phénomène passionnant, comparable à la joute médiévale ou, si l'on remonte à une époque plus reculée, au chrétien jeté en pâture aux fauves dans l'arène. On se donne en spectacle, on amuse la galerie mais on sait, hélas, que tôt ou tard on sera dévoré par un lion.

Et des lions, il y en a !

Certains sont gentils comme des matous, d'autres dissimulent leur férocité sous une feinte douceur, d'autres encore frappent d'emblée par leur force et leur beauté. Or, passer son temps au Colisée est drôlement épuisant et, de toute façon, à la fin, vous vous trouvez nez à nez avec un lion affamé qui vous scrute d'un œil torve, prêt à vous régler votre compte.

Après six mois de rendez-vous galants, je n'en pouvais plus !

On eût dit que j'essayais de descendre le grand escalier des Folies Bergère et que je ratais immanquablement la marche du milieu, malgré les innombrables répétitions. Je rencontrai une vieille séductrice de soixante-dix printemps qui ne me cacha rien de ses aventures sentimentales. Elle venait d'entamer une liaison avec un nouveau petit ami. Mais où puisait-elle son énergie ? J'avais la moitié de son âge et j'étais éreintée... Bref, soyons clairs, partir à la recherche du Prince charmant, c'est tuant !

Je fis donc la connaissance de gros, de chauves, de vieux, de jeunes, d'hommes dont mes amies promettaient monts et merveilles, à ceci près qu'elles oubliaient toujours un détail insignifiant : alcoolisme mondain, psychose sous-jacente due à leur mère, leur père, leurs gosses, leur ex-femme, leur chien ou leur perruche, troubles de l'identité sexuelle, sous prétexte que leur oncle préféré leur avait sauté dessus quand ils étaient au lycée. Il existe pourtant de par le monde des hommes tout à fait normaux, je le sais, mais je n'arrivais pas à mettre la main dessus. Que voulez-vous, je manquais d'entraînement. Il faut dire que, pendant treize ans, je n'avais préparé des repas que pour Roger, regardé la télé qu'avec Roger, partagé le lit que du seul Roger. J'ignorais tout des nouveaux gourmets du micro-ondes, du cappuccino composé de seize sortes de grains en provenance de pays d'Afrique dont je n'avais jamais entendu les noms, ou des sports que j'avais tout juste entraperçus aux derniers jeux Olympiques. Conclusion : les ongles manucurés ne suffisaient pas. Pour faire face à la concurrence, il fallait skier comme une championne, nager comme une championne, et réussir brillamment le saut en longueur.

Le tout sans s'essouffler. Et moi, je suis une paresseuse... Chassez le naturel, il revient au galop. C'est ainsi que, au bout d'un moment, je me suis retrouvée vautrée devant la télé, à regarder *Les Feux de l'amour* avec les enfants en me gavant de pizzas.

Pendant le deuxième été de ma liberté, je renonçai aux rendez-vous. C'était un exercice au-dessus de mes forces.

Cette année-là, les enfants passèrent juillet dans le sud de la France, avec Roger. Ils louèrent un yacht et résidèrent à l'hôtel du Cap. Ensuite, ils devaient s'envoler pour Paris, où leur père les mettrait dans l'avion. J'avais loué un petit cottage pour le mois d'août à Long Island, dans un souci d'économie. Mes revenus n'étaient pas inépuisables. Roger et Helena, eux, avaient loué une villa près de Florence, signe indéniable que les revenus d'Helena, contrairement à son Q.I., dépassaient de loin les miens. Tant mieux pour Roger, répétais-je, feignant une indulgente compréhension qui me valait les félicitations du Dr Steinfeld. Je lui mentais, et alors ! Je n'avais pas encore décoléré. En fait, les jambes et les seins d'Helena ne faisaient qu'exciter ma jalousie.

Sans les enfants, le début de juillet fut d'abord très solitaire. Je n'avais personne pour regarder avec moi mes chères séries télévisées, mais j'en profitais pour m'abstenir de me goinfrer de pizzas et de beurre de cacahuètes. Sam avait alors huit ans. Charlotte, à treize ans, se peignait les ongles en vert et rêvait de se faire percer le nez. Cela provoquait entre nous de violentes disputes, et c'est pourquoi, en leur absence, je commençai à me détendre. A apprécier ma solitude. J'ai toujours aimé New York l'été, malgré la chaleur torride. Surtout les week-ends, quand les rues sont désertes et que l'on peut se geler tranquillement dans des salles de cinéma pratiquement vides, climatisées à fond.

Roger était maintenant parti depuis deux ans ! Il ne hantait plus mes songes la nuit, il ne me manquait plus, je me rappelais de moins en moins précisément son corps... Aussi bizarre que cela puisse paraître, la nostalgie de ses ronflements et du « bon vieux temps » s'estompait.

De temps à autre, les enfants me téléphonaient. Un jour, Roger, quelque peu dérouté, me demanda s'ils étaient aussi capricieux à la maison. Je sus que Charlotte avait remis l'histoire du piercing sur le tapis. Naturellement, Roger s'y opposait. Pour la première fois, en dépit de mon affection pour mes enfants, je fus ravie qu'ils soient avec leur père. Et avec Helena. Celle-ci ne tarderait pas à déchanter. Elle commencerait par perdre son plus joli bracelet et ne le retrouverait pas avant dix ans sous le lit, en même temps que son sac à main favori et un flacon de parfum entamé. Eh bien, elle avait voulu Roger et elle l'avait eu ! S'occuper des enfants de son mari faisait partie de ses devoirs d'épouse aimante. A vingt-cinq ans, elle comptait à son palmarès une liposuccion et des injections de silicone. Elle tenait à sa taille de guêpe comme à la prunelle de ses yeux. Aux dires de Charlotte, elle avait songé à se faire ligaturer les trompes, puis avait opté pour la pilule. Toujours d'après Charlotte, Sam la trouvait « marrante ». Helena devait sûrement trouver Sam nettement moins marrant. Je me plaisais à imaginer qu'elle allait bientôt craquer. Qu'elle prendrait les enfants en grippe et regretterait amèrement d'avoir épousé Roger. Quant à moi, l'euphorie des premiers jours cédait peu à peu le pas à la morosité. Mes petits me manquaient. A tel point que je me sentais prête à accepter le vernis vert de ma fille et peut-être même son anneau dans le nez... Heureusement, elle n'en savait rien.

Oui, sans eux, la maison me paraissait trop triste. Trop tranquille. Je poursuivais néanmoins mes efforts. Manucure, pédicure, régime. Mes ongles d'orteils vermillon brillaient dans mes sandales blanches à talons. J'avais peut-être renoncé aux recherches amoureuses mais pas à ma nouvelle image. Ainsi me fis-je couper les cheveux très court. Helena arborait une luxuriante chevelure à la Farrah Fawcett. Grand bien lui fasse !

Peu de temps avant le retour des enfants, je pris une grande décision. Je n'avais rien de spécial à faire à New York en attendant qu'ils reviennent. L'idée me vint après cinq jours d'une épouvantable vague de chaleur. J'avais vu tous les films qui passaient en ville, tous mes amis avaient fui la canicule, je me décidai d'un seul coup. Pourquoi n'irai-je pas les rejoindre à Paris ? Je dénichai une place à tarif spécial et, avant de m'envoler vers le Vieux Continent, je réservai une chambre dans un joli petit hôtel de la rive gauche dont une amie m'avait vanté les mérites. La propriétaire, ancienne star du cinéma français, offrait à une clientèle triée sur le volet une nourriture divine... Je bouclai mes bagages et allai me coucher. Le lendemain, je pris l'avion. Il atterrit à Charles-de-Gaulle à minuit. C'était une belle nuit estivale de la fin juillet. Une nuit magique, dans la ville la plus romantique de la planète... Et si mon chauffeur de taxi n'avait pas exhalé une odeur de transpiration et d'oignon, mon bonheur aurait été parfait. Il ne manquait pas d'un certain charme typiquement gaulois, essayai-je de me convaincre en ouvrant ma fenêtre en grand, tandis que la voiture roulait dans Paris. L'Arc de Triomphe, le pont Alexandre-III : la Ville Lumière déroulait ses splendeurs sous mes yeux émerveillés, à mesure que nous approchions de l'hôtel.

J'exultais... J'avais envie de sortir de voiture, de danser, de parler à quelqu'un, n'importe qui. De nouveau, je me sentais vivante. Ressuscitée. Et je voulais partager cette sensation merveilleuse avec un homme que j'aimerais... Mais le seul homme que j'avais aimé pendant près de vingt ans était Roger, et Roger m'avait lâchement abandonnée. De toute façon, même s'il avait été là, près de moi, je m'en serais moquée ! Je ne savais plus pourquoi j'avais été si amoureuse de lui, ni même si nous nous étions jamais vraiment aimés. Sans doute avais-je été éblouie par une illusion, une image tronquée, un mirage d'amour, et que, de son côté, il avait été séduit par mes revenus. Chaque fois que j'y pensais, la même conclusion s'imposait à mon esprit. Certes, j'éprouvais à son égard une certaine gratitude depuis que je n'avais plus à lui verser de pension alimentaire. Son mariage avec Helena avait automatiquement mis fin à cette obligation. Restait la pension des enfants, une somme équivalente au budget annuel d'un orphelinat du Biafra, dont je m'acquittais consciencieusement. Merci, Roger, tu es un ange !

Le taxi traversait Paris, et j'admirais la tour Eiffel et les bateaux-mouches qui glissaient sur la Seine, illuminés comme des arbres de Noël... Dommage que je me sente si seule, une sensation qui ne m'avait pas quittée depuis deux ans, peut-être même depuis beaucoup plus longtemps. Je n'avais pas seulement perdu mes illusions en perdant Roger. Je m'étais aussi séparée de mes vieilles chemises de nuit. J'avais renoncé à un tas de choses. Et j'avais dû m'habituer à la solitude, à ma propre compagnie, à mes nouvelles chemises de nuit dont le satin me caressait la peau. J'en avais emporté quatre dans mes bagages. Toutes neuves. Superbes.

Enfin arrivée, je réglai la course. Je pénétrai dans l'hôtel en soulevant mes valises. L'entrée m'enchanta. Un vrai petit bijou. Et le réceptionniste ne déparait pas le décor. Il était beau comme une vedette de films X. Il devait avoir la moitié de mon âge, ce qui ne l'empêcha pas, en m'accompagnant jusqu'à la porte de ma chambre, de m'envelopper d'un regard enflammé, tout en glissant la clé au creux de ma main. Dommage qu'il ne fît pas consommation de déodorant !

La vue de ma chambre me permettait d'admirer le sommet de la tour Eiffel par-dessus les toits. Un calme merveilleux régnait alentour. Pas le moindre bruit... Je m'allongeai sur mon lit à baldaquin et dormis comme un bébé jusqu'au lendemain matin où je me réveillai, affamée.

Je pris le petit déjeuner au lit. On m'apporta croissants et café noir sur un plateau garni de napperons en lin brodé, où se trouvaient l'argenterie et une rose dans une flûte de cristal. Je dévorai tout... sauf les napperons et la rose. Je me douchai, m'habillai, et sortis. Je ne connais rien de plus exquis que de se promener dans les rues de Paris. Ce fut l'un des jours les plus heureux de ma vie... Un jour placé sous le signe de la beauté... et des dépenses. Les boutiques m'attiraient comme des aimants. J'achetai tout ce que je trouvai joli et même ce qui ne me plaisait qu'à moitié. Et je m'offris de la lingerie fine à profusion. Si nous avions été au XVIIe siècle, j'aurais pu entamer une brillante carrière de courtisane à la cour de Louis XIV. De retour à mon hôtel, j'éparpillai mes trésors de soie et de dentelle sur le lit et contemplai, sceptique, guêpières, bodys, balconnets, adorables petites culottes et porte-jarretelles assortis. Qu'allais-je en faire ? Pour qui les mettrais-je ? L'espace d'une seconde, je me demandai s'il ne s'agissait pas là d'un signe du destin. Mais quel signe ? Et quel destin ? Allais-je recommencer le marathon des rendez-vous sans lendemain ? Seigneur, pitié ! Pas les lions dans l'arène ! Je porterais ces magnifiques sous-vêtements pour moi-même... Peut-être mon fils Sam les apprécierait-il. Peut-être, en les voyant, apprendrait-il quelque chose. Je l'imaginai à trente ans raconter à ses compagnes :

— Ma mère portait les plus beaux sous-vêtements que j'aie jamais vus.

Les femmes de sa vie seraient alors terriblement jalouses de moi. Quant à Charlotte, elle commencerait par émettre un ricanement méprisant, histoire de ne pas s'avouer impressionnée. Après quoi elle renoncerait au piercing au profit du porte-jarretelles. Je souris... Je me sentais gaie...

Cette semaine-là, un problème à la cuisine priva de repas les clients de l'hôtel ! Raison de plus pour s'évader. En début de soirée, je déambulai dans le Quartier latin à la recherche d'un bistrot. Je remontai ensuite le boulevard Saint-Germain jusqu'aux Deux Magots, où je m'arrêtai. Je me mis à étudier le menu, seule, au milieu du brouhaha des voix où le français se mêlait aux langues étrangères. Je me sentais satisfaite de moi, libre, terriblement adulte. Indépendante. J'avais réussi. Victoire ! Je me promenais dans Paris, je m'amusais en ma propre compagnie et je portais des dessous français... Aujourd'hui, j'avais mis l'ensemble bleu pâle, des bas et un porte-jarretelles. Mais qui le saurait ? A part la police si jamais j'avais un accident ? Pas mal, l'idée de l'accident ! J'eus l'impression d'entendre les commentaires des policiers français. Fabuleuse, la lingerie de la morte !

Je venais juste de commander un Pernod, trop liquoreux à mon goût mais tellement français ! Et du saumon fumé. C'est au moment où le serveur posa le verre de Pernod sur ma table que je l'aperçus. J'étais entièrement vêtue de noir, T-shirt, jeans, chaussures. En dehors des fameux sous-vêtements, je ne portais rien de sexy. Une mère qui attend ses enfants ne peut se permettre aucune extravagance vestimentaire. Le matin même, j'avais téléphoné à Roger, afin qu'il conduise Sam et Charlotte à mon hôtel au lieu de les mettre dans l'avion pour New York.

L'homme sur lequel mon regard s'était posé était grand, mince, avec de larges épaules et des yeux magnétiques. Il s'appuyait nonchalamment au dossier de son siège, comme s'il jouait dans un film avec Humphrey Bogart. Il semblait avoir entre cinquante et cinquante-cinq ans et, pour une raison inconnue, je pensai qu'il était anglais ou allemand. Sans doute à cause de son allure décontractée. En tout cas, il n'était pas français, à en juger par les propos laborieux qu'il échangeait avec le serveur. Ce fut ensuite que je remarquai qu'il lisait le *Herald Tribune*.

J'ignore pourquoi (solitude, atomes crochus, mal du pays), mais l'inconnu me fascinait. Il y avait autour de moi des hordes de Français, séducteurs réputés, et je dévorais des yeux un touriste ! Il était séduisant, certes, mais pas plus que d'autres. Pourtant, une puissante aura émanait de lui, et il le savait pertinemment. Même sa façon de lire son journal semblait étudiée.

Il portait une chemise bleu foncé sans cravate, un pantalon kaki, des mocassins de cuir. Et en le regardant siroter une gorgée de vin, je sus soudain qu'il était américain. Formidable ! J'étais venue à l'autre bout du monde, je sillonnais Paris, le paradis des amoureux, pour tomber sur un type de Dallas ou de Chicago. C'était gâcher le prix du billet, pensai-je, dépitée.

Au même moment, il se retourna et nos yeux se rencontrèrent. Après un bref regard, il se replongea dans sa lecture. Complètement indifférent. Visiblement, je ne l'avais pas marqué pour la vie. Fin du flirt ! Nul doute que les Brigitte Bardot, Catherine Deneuve et autres créatures de rêve dans le genre d'Helena, qui abondaient dans le café, l'attiraient davantage. « Mais qu'est-ce que tu attendais ? me morigénai-je. Qu'il tombe à genoux et qu'il t'implore de dîner avec lui ? »... Non, mais il aurait pu m'offrir un verre de vin ! Mais cela ne se produirait pas dans cette vie-ci. Dans la réalité, les hommes ne se comportent pas comme au cinéma. Ils vous jettent un vague regard, puis ils retournent mentalement chez eux, à Greenwich. (Entre-temps, j'avais acquis la certitude qu'il vivait à Greenwich ou à Long Island, allez savoir pourquoi !) Il était golden boy, avocat... ou professeur à Harvard. Un grand névrosé, naturellement, comme les dix mille individus que mes amies m'avaient présentés... Alcoolique, probablement. Ou bourreau d'enfants. Ou encore un de ces raseurs qui vous parlent de la gestion de leur portefeuille, de leur ex-femme, du seul concert rock auquel ils ont assisté de toute leur vie, quand ils étaient encore étudiants. Les Rolling Stones ou les Grateful Dead, que j'exècre, entre parenthèses.

Dans mon esprit, plus aucun doute ne subsistait. Il était marié. Il avait suivi des études à Yale ou à Harvard. C'était un don Juan invétéré parfaitement capable de me briser le cœur, comme Roger. Heureusement qu'il avait oublié ma présence. Cela n'aurait pas marché entre nous. J'aurais fini par le détester. D'ailleurs, je le détestais déjà ! Combien de lions faut-il pour dévorer un seul chrétien ? La bonne réponse à cette question, c'est : beaucoup. Encore que, parfois, un seul suffit. Et moi j'avais déjà été déchiquetée, mastiquée et recrachée. A présent, je pouvais reconnaître un lion. Au premier coup d'œil.

Je commandai un dessert et du café, au risque de ne pas fermer l'œil de la nuit mais, à Paris, qui pense à dormir ? Je payai l'addition puis, fière comme Artaban, je passai devant sa table en direction de la sortie. De nouveau, nos yeux se croisèrent une fraction de seconde. L'instant suivant, j'étais dehors, dans la douce nuit parisienne. Je respirai à fond. Durant tout le repas, il m'avait obsédée mais je savais d'expérience qu'aucun homme ne mérite qu'on s'y attarde... même s'il est beau comme un dieu.

Tandis que je remontais le boulevard Saint-Germain en faisant du lèche-vitrine, je me persuadai que je l'avais oublié. Je m'apprêtais à m'engager dans la rue de mon hôtel quand je revis le héros à la chemise bleue et au pantalon kaki. Il m'avait suivie. Maintenant il forçait l'allure. Je restai sur place, pétrifiée, cherchant frénétiquement une repartie spirituelle, au cas où il m'adresserait la parole. Il me dépassa sans un mot, sans un regard, sans un sourire, pour s'engouffrer dans mon hôtel. Ça alors ! Comment avait-il su mon adresse ? Il devait m'attendre dans le vestibule, me dis-je, affolée. Après deux ans de solitude, on perd facilement son sang-froid.

Je pénétrai à mon tour dans l'hôtel. Le jeune réceptionniste à l'allure de star de cinéma remettait sa clé à mon inconnu. Cette fois-ci, il se retourna pour m'adresser un sourire si éblouissant que tous les coins sombres de mon cœur en furent illuminés. D'instinct, je jetai un coup d'œil à son annulaire. Aucun anneau de mariage n'y brillait. Cela ne voulait rien dire. Combien d'hommes mariés en goguette ne glissent-ils pas leur alliance dans leur poche ? Je présumais du pire. Il était trop beau pour être honnête.

— Quelle belle nuit, n'est-ce pas ? dit-il, tandis que tous deux nous attendions l'ascenseur, qui ressemblait à une cage d'oiseau.

J'opinai du chef. J'avais les jambes en coton. Mon

cœur battait à tout rompre. Je me liquéfiais. Mais j'avais eu raison, il avait l'accent américain. Je n'avais nul besoin de vérifier sa nationalité sur son passeport.

— Oui, c'est une ville magnifique.

Bravo pour la repartie spirituelle ! C'était bien la peine d'avoir obtenu un diplôme universitaire avec mention très honorable.

— Vous êtes ici pour affaires ? s'enquit-il.

Il s'agissait bel et bien d'un début de conversation !

— Mes enfants arrivent dans quelques jours. En attendant, je tue le temps. Et je dépense mon argent.

Il sourit... Oh ! là ! là ! Des dents superbes ! Un sourire superbe ! Un corps superbe ! J'étais aussi intimidée que si j'avais eu l'âge de Charlotte, avec ou sans piercing. L'ascenseur arriva et nous entrâmes dans la minuscule cabine.

— Vous venez souvent à Paris ? demanda-t-il.

J'appuyai sur le bouton du deuxième étage. Il n'appuya, quant à lui, sur aucun bouton. Comptait-il me suivre jusque dans ma chambre ? Et pour quoi faire ? Pour m'assassiner ? Pour me séduire ? Peu m'importait. Dans les deux cas de figure, il pourrait admirer ma guêpière et mon porte-jarretelles en dentelle bleu pâle.

— Environ une fois tous les dix ans, répondis-je en toute simplicité. Il y a des siècles que je ne suis pas venue à Paris. Et vous ?

Je me serais giflée. Je ne débitais que des banalités. Au fond, je n'avais guère envie de bavarder. Je voulais juste le regarder. Je ne pouvais m'empêcher de l'imaginer sans sa chemise bleue et son pantalon kaki ; et de me demander quel genre de sous-vêtements il portait. Des caleçons gris ou blancs. Des Calvin Klein. Des chaussettes montant jusqu'au genou.

Il me suivit dans le couloir... Il occupait la chambre voisine. Je me rappelai alors la scène de *Confidences sur l'oreiller* dans laquelle Doris Day et Rock Hudson se parlent au téléphone, chacun dans sa baignoire, dans des salles de bains attenantes... Dieu merci, il ne pouvait pas lire dans mes pensées.

— Bonne nuit, dit-il galamment, avant de disparaître dans sa chambre pour appeler sa femme et ses sept enfants.

Ou son ex-femme et ses deux maîtresses... Ou son amant...

Je restai longtemps debout devant la fenêtre de ma chambre en pensant à lui. Si ç'avait été un film, il m'aurait appelée. Mais dans la vie, cela ne se passe pas comme on voudrait. Le téléphone resta muet. C'était un homme normal, après tout, pas un obsédé sexuel...

Je le revis le lendemain. Nous quittâmes nos chambres respectives en même temps. Nous prîmes l'ascenseur dans un ensemble parfait. Une fine pluie nimbait Paris. Prévoyante, j'avais enfilé un imperméable et m'étais munie d'un parapluie... avec lequel j'aurais pu me défendre si jamais il m'agressait. Il n'en fit rien, hélas...

Dans l'entrée, alors que je m'escrimais à ouvrir mon parapluie, il se tourna vers moi. Aujourd'hui, il portait une chemise blanche. Il voulut savoir où j'allais.

— N'importe où, répliquai-je maladroitement...

je vais faire du shopping. Me promener. Visiter le Louvre. Je n'en sais rien...

— Moi aussi je vais au Louvre. Voudriez-vous venir avec moi ?

Tiens, tiens ! Il ne pensait plus à sa femme et à ses sept enfants qui l'attendaient à Greenwich ! Seigneur ! Après tous ces imbéciles que j'avais fréquentés, qui buvaient comme des trous et tentaient de profiter de la situation en me raccompagnant, à tel point que j'avais songé à prendre des cours d'aïkido, cet homme sublime m'invitait à visiter le Louvre ! Mais où étiez-vous donc pendant ces vingt derniers mois, tandis que je sortais avec King Kong et ses frères ? Est-ce seulement maintenant que vous arrivez, cher Zorro ? Mieux vaut tard que jamais !

— Volontiers, dis-je avec un sourire.

Une agréable conversation s'engagea dans le taxi. Il vivait également à New York, pas très loin de chez moi. Il passait le plus clair de son temps en Californie, où il dirigeait, à Silicon Valley, une compagnie de bionique, combinaison de biologie et d'électronique. Il se lança dans une longue conférence sur ses produits, à laquelle je ne compris strictement rien. Je saisis, néanmoins, qu'il s'agissait de haute technologie. Il n'avait pas fait ses études à Harvard ou à Yale, mais à Princeton... Et du temps où il était marié, il avait vécu à San Francisco. Il était revenu à New York deux ans plus tôt, après son divorce. Il avait un fils à Stanford. Il s'appelait Peter Baker, avait cinquante-neuf ans et... non, il n'avait jamais habité à Greenwich.

En comparaison de son histoire, la mienne semblait si terne que je manquai m'endormir en la racontant. J'omis de préciser que Roger m'avait quittée pour Helena et m'en tins aux lignes principales de mon existence : divorcée, deux enfants, etc. J'ajoutai que pendant six ans, avant mon mariage, j'avais travaillé comme rédactrice en chef d'un magazine — que le ciel me pardonne cette promotion —, mais même cela ne pouvait rehausser un passé sans éclat. Il réussit néanmoins à rester éveillé pendant que je parlais.

Je dressai ensuite rapidement la liste de ce que j'aimais et détestais, petit jeu auquel j'étais passée maître ces deux dernières années. Je disais oui au ski et au tennis, non à la varappe et au jogging, à cause d'un léger accident au genou sur les pistes enneigées, un an auparavant. Je n'éprouvais aucune attirance pour le saut à l'élastique, les petits avions ; quant aux sommets, ils me donnaient le vertige. J'appréciais moyennement le bateau à voile et la cuisine au micro-ondes, mais je témoignais d'une faiblesse coupable pour le bon vin et le chocolat. Non, pas d'alcools forts. Langues étrangères pratiquées : un peu d'espagnol appris au lycée, suffisamment de français pour me faire comprendre par les serveurs des cafés parisiens. Je glissai sur les prétendues aptitudes artistiques de mon ex-époux et j'attaquai avec brio ma vie actuelle : pas de liaison sérieuse en deux ans, et Dieu sait si c'est long, mais un nombre incroyable de « rendez-vous » médiocres dans des restaurants italiens moyens et dans quelques bons restaurants français. Je me faisais l'effet de rédiger une petite annonce matrimoniale. Divorcée esseulée cherche... Cherche quoi au juste ? Cherche homme en pantalon kaki et chemise blanche, un blazer bleu marine sur le bras et une cravate Ralph Lauren dans la poche. Impossible de caser le mot « bionique » dans mon discours pour la bonne raison que j'ignorais sa véritable signification et que je n'osais la demander à Peter.

Après la visite du Louvre, ce dernier s'efforça de m'expliquer une fois de plus en quoi consistait son métier. Sur le chemin du retour, il me proposa un verre au Ritz. Il y était descendu une fois avec « des amis », dit-il, sans autre précision. J'imaginai immédiatement une liaison brève mais torride qu'il aurait vécue autrefois à Paris. Et tandis que notre taxi roulait en direction de la place Vendôme, je trouvai à mon compagnon un air mystérieux. Mystérieux et terriblement sensuel. Ses gestes, le son de sa voix, les questions qu'il ne posait pas, les réponses qu'il ne donnait pas le rendaient inaccessible. Au Ritz, il commanda un Martini, expliquant au barman sa recette. Deux tiers de Martini blanc extra-dry, un tiers de gin, deux olives.

Lorsque nous ressortîmes du Ritz, il était neuf heures du soir. Nous étions restés ensemble dix heures d'affilée. Pas mal pour un premier rendez-vous. Car il s'agissait bel et bien d'un rendez-vous. Peut-être pas d'amoureux ! On ne peut pas fatalement qualifier de rendez-vous galant une discussion, si longue soit-elle, entre un homme et une femme. J'étais un peu grise, car j'avais bu du vin blanc, et Peter me paraissait encore plus beau. Nous dégustâmes des huîtres dans un restaurant de Montmartre, tandis que je parlais de Sam et de Charlotte. Les masques tombaient. J'allai jusqu'à lui parler du fameux piercing. Et comme un aveu en amène un autre, je lui racontai tout, finalement, tant qu'à faire, y compris ma scène de rupture avec Roger, assis dans les fauteuils en satin, et mes pleurs lorsqu'il m'avait annoncé qu'il ne m'aimait plus.

A son tour, il parla de lui. Sa femme, qui s'appelait Jane, avait eu une liaison avec son médecin, après quoi elle et Peter s'étaient séparés. Elle vivait avec son nouveau mari à San Francisco. Le visage de Peter n'exprimait aucune émotion particulière. Leur mariage était mort et enterré des années avant l'infidélité de Jane, conclut-il. Roger avait-il fait la même confidence à Helena ? Que notre mariage était mort ? J'avais peine à le croire. A imaginer Roger et Helena dans un petit restaurant devant un plateau de fruits de mer. Helena recherchait l'ambiance enfiévrée des discothèques. Roger et elle se rencontraient sûrement dans des boîtes de nuit ou des motels. Des endroits où on ne se parle pas.

Nous regagnâmes notre hôtel vers minuit. Nous prîmes l'ascenseur en silence. Qu'allait-il se passer maintenant ? Je n'en savais rien. Je n'avais aucune idée de ce que je voulais. Peter résolut le problème à ma place. Il me souhaita une bonne nuit en m'assurant qu'il avait passé une journée délicieuse. Je répondis que notre rencontre avait cette qualité extraordinaire des interludes merveilleux dans la morne existence d'une femme délaissée et le remerciai pour le dîner. En refermant la porte de ma chambre vide, je me dis et me redis que des types en chemise blanche et pantalon kaki, il y en avait treize à la douzaine. Oui, mais pas un comme celui-là.

Peter Baker était unique dans son genre. Il représentait un don du ciel. Une chimère dans le monde moderne. Il avait l'allure, l'esprit, les gestes d'un homme équilibré. Au restaurant, il avait parlé de son fils, qu'il adorait. C'était quelqu'un de formidable. Je me sentais déjà en route vers le Colisée, parée de mes superbes dessous bleu pâle... non, roses ! Aujourd'hui je portais les roses. Qu'est-ce que j'attendais de lui ? Pas grand-chose. Rien, probablement. Quoique... A un moment donné, il avait promis qu'il m'appellerait, dès qu'il rentrerait à New York. Mais il ne m'avait pas demandé mon numéro de téléphone et j'étais sur liste rouge. De toute façon, à ce moment-là, je me trouverais dans les Hamptons, avec les enfants... J'eus la sensation qu'on me ramenait du Colisée. Du moins, ce qu'il restait de ma personne. J'avais été dévorée vivante par les lions, sans compter que Roger avait déjà eu les meilleurs morceaux. Je n'intéressais pas Peter. J'en avais la preuve. Je me déshabillai, me brossai les dents, me glissai dans les draps. Il faisait si chaud que je me passai de chemise de nuit. Pas un bruit dans la chambre voisine. Le silence absolu jusqu'au lendemain matin, quand il m'appela.

— Je voulais vous dire au revoir, fit-il avec son aisance habituelle. J'ai oublié de vous demander votre numéro de téléphone, hier soir. Je vous passerai un coup de fil, si cela ne vous dérange pas.

Me déranger ? Pas du tout. Oh si, énormément. Je ne veux plus te revoir. Tu me plais beaucoup trop et je ne te connais pas. Et j'ai peur. Au loin, j'entends rugir les lions...

Je m'empressai de lui donner mon numéro,

sachant qu'il n'appellerait pas. Seuls les crétins appellent. Jamais les gens bien.

— Alors, à New York, dit-il. Amusez-vous bien avec vos enfants.

« Adieu », pensai-je, mais je lui souhaitai un excellent séjour à Londres. Il répondit qu'il s'agissait d'un voyage d'affaires. Il rentrerait aux Etats-Unis dans deux-trois semaines. Il passerait d'abord par la Californie puis regagnerait New York.

Je raccrochai en soupirant.

J'avais fait la connaissance d'un homme pratiquement sans défauts. Il n'était pas ennuyeux. Ni alcoolique. Ni chômeur. Il subvenait à ses besoins et n'avait pas de problèmes avec son ex-femme. Il n'avait jamais été en prison ni même en garde à vue. Il était poli, sexy, cultivé, intelligent, beau. Et gentil, par-dessus le marché, en tout cas il donnait cette impression. Autrement dit, j'avais rencontré la perle rare !

3

C'est l'air immensément soulagé que Roger me
ramena les enfants, le lendemain du départ de Peter
Baker pour Londres. J'avais entre-temps visité le
musée Rodin et pratiqué une razzia dans les boutiques de la rive gauche. Je disposais à présent d'une
montagne de vêtements dont je ne savais que faire.
Une garde-robe sexy, jeune, moulante, que je pourrais toujours offrir à Helena ou à Charlotte quand
elle grandirait.

Les enfants paraissaient en grande forme. Charlotte portait un vernis à ongles rose pâle, et pas
vert. Elle s'était fait percer une deuxième fois
l'oreille, ce qui semblait satisfaire, pour l'instant,
son envie d'automutilation. Roger, lui, semblait
épuisé. A peine bredouilla-t-il un vague bonjour
avant de foncer dehors, prétextant qu'Helena l'attendait chez Galliano. En treize ans de mariage, il
ne s'était jamais arrêté nulle part avec moi. Pas
une seule fois. Mais Helena exerçait sur lui un
pouvoir extraordinaire.

— Papa est bizarre ! annonça Sam en se laissant tomber dans une causeuse, un Mars à la main.

Ils l'avaient acheté au Plaza-Athénée, où Roger et Helena passeraient la nuit avant de repartir le lendemain matin pour Florence.

— Mais non, il n'est pas bizarre, objecta Charlotte, péremptoire, tout en inspectant ma penderie et tombant en extase devant une minijupe blanche assortie d'un chemisier transparent avec des poches en coton placées exactement là où il fallait.

— Il est nul ! poursuivit-elle irrévérencieusement, puis, se tournant vers moi, un rien méprisante : Tu ne vas pas mettre ça !

Bienvenue à la maison, Charlotte !

— Je ne le mettrai peut-être pas, mais toi non plus, rétorquai-je, heureuse de la revoir. Et ne parle pas comme ça de ton père, s'il te plaît !

Je m'étais efforcée d'adopter un ton désapprobateur, qui ne la trompa pas.

— Je dis tout haut ce que tu penses tout bas, me repartit-elle. Quant à Helena, c'est toujours une vraie poupée ! Elle se baladait les seins nus sur la plage. Papa en était malade. Et elle a dragué deux types à la piscine. Papa a dit que l'année prochaine, ils iront en vacances en Alaska.

— Et il faudra qu'on y aille aussi ? s'alarma Sam.

— Nous en parlerons plus tard, mon chéri, déclarai-je.

Cette phrase clé, que je réservais occasionnellement, marchait toujours. Rassuré, Sam hocha la tête. Il finit sa barre au caramel en épargnant miraculeusement la tapisserie des fauteuils. Ensuite, nous sortîmes pour l'après-midi. Je leur montrai tous les endroits qui, avais-je pensé, leur plairaient et, en effet, ils les adorèrent. Notre périple nous conduisit aux Deux Magots. Mes pensées voguèrent vers Peter. Je ne pus m'empêcher de me demander s'il allait m'appeler. Une partie de moi-même souhaitait qu'il ne donne plus signe de vie. Retomber amoureuse m'effrayait. Mais une autre partie de mon âme désirait revoir Peter.

— Et toi ? s'enquit Charlotte au moment où le souvenir de Peter lisant le *Herald Tribune* m'assaillait. As-tu rencontré quelqu'un ? Un charmant Français, peut-être ?

Les jeunes filles de treize ans possèdent parfois le sixième sens des martiens, tels qu'on nous les montre dans les films de science-fiction.

— Pourquoi veux-tu que maman ait rencontré un Français ? s'étonna Sam.

Je pris de mon mieux un air détaché, sous l'œil scrutateur de ma progéniture. Honnêtement, je pouvais répondre « non ». Je n'avais pas rencontré de Français. J'avais fait la connaissance d'un certain Peter Baker. Et il ne s'était rien passé. Il ne m'avait pas embrassée. Nous n'avions pas fait l'amour. Nous avions simplement passé une journée ensemble. Je n'avais pas perdu ma virginité à Paris.

— Non, répondis-je d'une voix solennelle. Je vous ai attendus et voilà tout.

C'était plus ou moins la vérité. Je n'avais pas eu un seul rendez-vous depuis un mois, et cela m'était parfaitement égal. Je n'étais pas prête à recommencer. Me faire raccompagner par des hommes ivres, mariés de surcroît, après avoir subi leurs conversations insipides pendant le dîner, n'avait plus d'attrait pour moi. D'ailleurs, quand les enfants seraient grands, je me retirerais dans un couvent... Sans mes splendides et inutiles chemises de nuit qui, alors, tomberaient en lambeaux. Une grossière robe de bure me changerait de la bonne vieille époque du pilou.

— Ah bon, ça m'a l'air terriblement ennuyeux.

Ayant résumé ma vie avec sa précision habituelle, Charlotte se lança dans le récit haletant de ses vacances : les garçons si mignons qu'elle avait rencontrés dans le sud de la France ou ceux qu'elle aurait aimé mieux connaître. A son tour, Sam me brossa le tableau de ses aventures estivales. Il avait attrapé sept gros poissons sur le yacht. Charlotte lui rappela qu'il n'y en avait eu que quatre et, vexé, il lui décocha un coup de poing... Mais pas très fort.

Quel bonheur de les avoir près de moi ! Leur présence me réchauffait le cœur. Je n'avais pas besoin d'homme. Tout ce qu'il me fallait, c'était de bons films vidéo et un monceau de livres achetés chez ma libraire préférée. J'avais besoin de mes enfants. Pas de Peter Baker, qui, comme Charlotte l'aurait décrété si elle l'avait connu, était probablement un pervers.

Nous retournâmes à New York où nous passâmes une journée à faire tourner le lave-linge. Nous refîmes ensuite nos bagages et repartîmes vers East Hampton. La maison que j'avais louée était de dimensions modestes mais parfaite pour notre petite famille. Sam et Charlotte partageaient la même chambre. Je dormais seule. Les voisins nous assurèrent que leur chien, un énorme danois, adorait les enfants. Ils oublièrent de préciser qu'il aimait surtout notre pelouse où il déposait régulièrement des présents inévitables. Je ne pouvais pas sortir dans le jardin sans que des voix fusent, en chœur :

— Ça y est, maman, tu as encore marché dedans !

Heureusement que je ne circulais pas pieds nus.

En dehors de ses petits cadeaux, le chien se prit d'affection pour Sam. Ce fut réciproque. Une semaine plus tard, je le découvris dans le lit de mon fils. Sam l'avait caché sous les couvertures. Je ne voulus pas briser cette belle amitié et, dès lors, le danois élut domicile chez nous. Souvent, il dormait dans le lit de Charlotte, qui se réfugiait alors dans ma chambre.

Charlotte dormait près de moi, d'ailleurs, quand le téléphone sonna le samedi matin. C'était sûrement le réparateur... Notre réfrigérateur avait rendu son dernier soupir la veille. Nous avions perdu toutes nos pizzas surgelées, les hot-dogs avaient tourné, et les glaces achevaient de fondre dans l'évier. Seuls quarante-deux canettes de Dr Pepper, seize 7-Up de régime, un peu de pain, un cœur de laitue et trois citrons avaient échappé au désastre.

— Comment allez-vous ? demanda-t-il.

Je reconnus aussitôt la voix de l'homme avec lequel j'avais parlé à deux reprises au téléphone, la veille ; il m'avait promis de passer ce matin.

— J'irai mieux quand vous serez là, dis-je. Nous avons perdu tous nos vivres hier soir...

— Vraiment ?

Eh bien, pour un réparateur, il avait un timbre de voix profond, une de ces voix très viriles que l'on entend sur les messageries téléphoniques, et j'imaginai un grand garçon baraqué, vêtu seulement d'un pantalon de toile qui lui glissait sur les hanches avec une lenteur révélatrice.

— Je suis désolé, répondit-il, plein de sympathie. Si vous voulez, je pourrais venir à East Hampton et vous inviter à dîner.

Seigneur, non ! Lui aussi ! Le menuisier, censé fixer la marche bancale de l'escalier du perron le second jour de notre séjour, m'avait trouvée si mignonne en bikini qu'il s'était invité à dîner. J'avais eu la présence d'esprit de lui faire croire que nous allions sortir.

— Non, merci. Venez plutôt réparer le réfrigérateur.

Il y eut un bref silence.

— Je ne suis pas sûr de savoir comment, dit-il d'un ton d'excuse. Je peux essayer. J'ai suivi des cours de mécanique à l'université, mais...

Chic ! Un réparateur bardé de diplômes qui, de plus, avoue son incompétence. Bref, quelqu'un d'honnête.

— Vous n'avez qu'à vous procurer le guide du frigo en panne, tranchai-je sèchement. Ecoutez, vous m'avez promis de venir, d'accord ? Allez-vous, oui ou non, réparer ce fichu engin ?

Charlotte se réveilla et quitta la chambre, pendant que j'argumentais avec mon correspondant.

— Je préfère vous emmener dîner, Stephanie. Si cela vous dit...

Sacrée tête de mule ! Mais j'étais tout aussi tenace. Il faisait chaud et je n'allais pas passer la journée à siroter des sodas tièdes.

— Cela ne me dit rien du tout. Et épargnez-moi vos familiarités : ne m'appelez pas Stephanie... Tout

ce que je vous demande, c'est de réparer le réfrigérateur !

— Je pourrais vous en offrir un nouveau.

— Vous plaisantez ?

— Ce serait plus simple. Je suis un piètre réparateur.

Il se moquait de moi. Mon sang ne fit qu'un tour.

— Ah oui ? Qu'est-ce que vous êtes alors ? Der-
matologue ? Et pourquoi avons-nous cette conversation qui ne rime à rien ?

— Parce que votre réfrigérateur est cassé et que
je n'y peux rien. Je suis spécialiste en haute technologie, Stephanie, pas réparateur.

— Vous êtes *quoi* ?

Je venais de comprendre qui il était. Pas le gars
de « L'univers frais de Sparky ». Cette voix, je l'avais
entendue quelques semaines plus tôt à Paris. Au
Louvre, commentant les peintures de Corot ; au
Ritz, expliquant au barman comment réussir un parfait Martini-gin.

— Oh, mon Dieu, Peter ! Je suis désolée.

Quelle idiote !

— Ne le soyez pas. Je vais dans les Hamptons
pour le week-end et je me suis dit que vous accepte-
riez peut-être de dîner avec moi... J'apporterai un
nouveau réfrigérateur au lieu d'une bouteille de vin.
Quelle est votre marque préférée ?

— J'ai cru que vous étiez...

— Je sais... Comment va la vie dans votre coin, à
part la panne du frigo ?

— Très bien. Mon fils a adopté un grand danois,
qui appartient à nos voisins.

— Pourrai-je vous emmener dîner ?

Avec mes enfants ? L'idée, si plaisante fût-elle, ne m'enchantait pas. En fait, je nageais dans un océan d'incertitudes. Je n'étais pas sûre de vouloir le partager avec Sam et Charlotte. Le contraire n'avait rien d'évident non plus... Après une semaine d'isolement en compagnie de deux enfants turbulents et d'un chien insupportable, que l'on pouvait pratiquement suivre à la trace aussi bien sur la pelouse que dans la maison, je ressentais la nécessité d'une conversation entre adultes... Je préférais les confier à l'orphelinat le plus proche plutôt que de les avoir au restaurant ou, plus simplement, engager une baby-sitter... Je voulais le voir *sans* Sam et Charlotte, c'était clair !

— Je crois que les enfants ont d'autres projets, mentis-je aussi effrontément que Pinocchio. Où allez-vous loger ?

— Chez des amis à Quogue. Il y a un restaurant là-bas qui, je l'espère, vous plaira. Puis-je passer vous chercher vers vingt heures ?

Et comment ! Après deux ans de purgatoire entre les soirées passées avec les descendants de Cro-Magnon et les rediffusions de films à la télé, je rencontrais enfin un homme civilisé et j'allais refuser son invitation ? Il plaisantait.

Je raccrochai, souriant jusqu'aux oreilles. De retour dans la pièce, Charlotte me regardait. Elle avait ramené dans la chambre, écrasée sous la semelle de sa chaussure, une crotte de chien, mais je n'avais pas le cœur de la gronder.

— Qui était-ce ? demanda-t-elle, soupçonneuse.

— Le réparateur, répondis-je, mentant comme un arracheur de dents à la chair de ma chair.

— Ça m'étonnerait, dit-elle d'un ton accusateur.

Il est dans la cuisine en train de démonter le frigo...
D'après lui, nous allons devoir en acheter un neuf.

— Oh... répondis-je bêtement.

Elle remarqua alors les excréments de chien et
poussa un soupir excédé. Je me demandai si ses
maîtres ne le nourrissaient pas trop, vu la somme de
saletés qu'il produisait... Dès que Charlotte sortit de
la chambre, je téléphonai à la baby-sitter.

J'avais mon plan. Je sortais de mon côté pendant
que la baby-sitter les emmenait au cinéma, puis dans
un fast-food réputé pour ses hamburgers. Plan que
je ne leur dévoilai pas avant six heures du soir. Le
réfrigérateur remarchait, temporairement, selon le
réparateur, mais les sodas étaient de nouveau froids
et c'était ce qui comptait. J'avais fait un tour au
supermarché et avais rempli le congélateur de pizzas
et de glaces.

— Où tu vas ? s'enquit Sam, l'œil inquisiteur.

Je ne m'étais pas absentée une seule fois de la maison depuis leur retour. Si je me remettais à sortir,
c'était une menace pour leurs vacances. Car qui les
conduirait alors en ville ? Qui irait chercher des cassettes vidéo ? Qui nettoierait les saletés du chien ? Il
fallait voir les choses en face : j'étais utile !

— Et avec qui ? demanda Charlotte plus précisément.

— Un ami, rétorquai-je vaguement en baissant le
nez dans mon verre de 7-Up, de manière qu'ils ne
puissent pas comprendre la suite de ma phrase.

Mais les enfants ont l'ouïe fine. Les miens, en tout
cas. Ils entendirent parfaitement ce que je disais,
bien que j'aie avalé la moitié des mots en même
temps que ma boisson.

— De *Paris* ? s'écria Charlotte. Il est français ?

— Non, américain. Je l'ai rencontré en France.

— Alors il parle anglais ? demanda Sam, l'air inquiet.

— Comme toi et moi, l'assurai-je.

Tous deux froncèrent les sourcils, signe qu'ils me désapprouvaient.

— Pourquoi ne restes-tu pas à la maison avec nous ? demanda Sam d'une voix raisonnable.

Il rêvait tout à coup d'une soirée en famille. Mais pas moi. Dans la balance, la sortie avec Peter me paraissait infiniment plus tentante. Malgré moi, malgré la sagesse acquise ces derniers temps, il me plaisait. Peut-être me trompais-je. Après tout, il était l'ennemi, n'est-ce pas ? Mais il n'en avait pas l'air. Et nous nous étions bien amusés, à Paris.

— Je ne peux pas rester à la maison avec toi, Sam, parce que tu vas au cinéma avec ta sœur.

— Moi je n'y vais pas, déclara Charlotte, le regard brillant de défi. J'ai rendez-vous avec des copains sur la plage à vingt et une heures.

Je hais l'âge de treize ans. Il précède quatorze ans, puis quinze. Ce n'était que le début.

— Pas ce soir, dis-je avec fermeté. Je regrette.

Je disparus dans la salle de bains pour me laver les cheveux, coupant court à toute discussion qui risquait de dégénérer en dispute. La baby-sitter arriva à sept heures et quart. A sept heures et demie, la mine triste, Sam et Charlotte montèrent dans ma voiture, avec elle. Après les hamburgers, ils iraient voir un film particulièrement violent que Sam avait déjà vu trois fois et que Charlotte ne voulait pas voir. J'agitai allègrement la main, tandis que la voiture

61

s'éloignait. Pourvu que le satané chien ne laisse pas encore un de ses petits cadeaux sur le perron ce soir-là !

Lorsque Peter arriva, je l'accueillis dans toute la splendeur d'une robe en lin blanc égayée d'un rang de perles turquoise. Mes cheveux brillaient. Du vernis rouge vif flamboyait aux ongles de mes orteils. Roger ne m'aurait pas reconnue. Je n'avais plus rien de la pauvre petite oie qu'il avait quittée pour Helena. Je ne ressemblais pas à Helena, du reste. J'étais enfin moi-même. Une boule se forma au creux de mon estomac, les mots se figèrent sur mes lèvres. Mes paumes étaient moites. Dès l'instant où mon regard se posa sur Peter, je sus que j'allais avoir des ennuis. Je le trouvais trop séduisant, trop intelligent, trop sûr de lui. Il portait une chemise bleue sur un jean blanc, ses pieds étaient nus dans des mocassins Gucci impeccablement cirés.

Je bredouillais le début de ce qu'il est convenu d'appeler une conversation d'usage. Des pensées contradictoires se bousculaient dans mon esprit enfiévré. D'accord, les maris de mes amies semblaient apprécier mon apparence. Mais je ne pouvais m'empêcher de me demander ce qu'un homme comme Peter me trouvait. Il ne soupçonnait même pas mon ancienne attirance pour les chemises de nuit en pilou. Comme il ne connaissait pas Roger, il ignorait combien je pouvais être ennuyeuse.

En tout cas, il m'avait invitée au bar du Ritz de son plein gré... Et maintenant il m'avait appelée, également de son plein gré. Personne ne lui avait mis le couteau sous la gorge. Cette sortie marquerait notre premier rendez-vous officiel... Certes, nous étions déjà sortis ensemble à Paris. Mais ce n'était pas la même chose. J'aurais affronté une transplantation du foie avec moins d'appréhension.

Je lui offris un verre de vin blanc frappé que je réussis à ne pas renverser. Il dit que mes turquoises étaient du plus bel effet, surtout sur une peau dorée par le soleil comme la mienne... Nous évoquâmes ensuite son travail, New York, nos connaissances communes dans les Hamptons... Peu à peu je me détendis. Quand je m'installai dans sa voiture pour aller au restaurant, la boule dans mon estomac avait diminué. Elle n'était plus de la taille d'un pamplemousse, mais de celle d'une pêche. Les choses s'amélioraient.

Au restaurant, il commanda un Martini. Il me raconta les vacances d'été de son enfance dans le Maine. J'extirpai du fin fond de mon subconscient un voyage en Italie durant mon adolescence, puis je lui racontai mes premières amours platoniques. Nous parlâmes de sa femme et de son fils, et je me retins d'accuser Roger d'avoir été un parasite. Je ne voulais pas qu'il pense que je détestais les hommes. Je ne détestais personne... En dehors de Roger. Et encore, ce ressentiment était récent.

Nous bavardâmes beaucoup, en riant. Et je ne cessai de songer combien il était différent des autres hommes que j'avais fréquentés. Sensible, chaleureux, ouvert, drôle. Il disait adorer les enfants et sans doute était-il sincère. Il se rappela avec émotion un bateau à voile qu'il avait eu autrefois à San Francisco. Il comptait en acheter un autre. Il avouait un faible pour les voitures rapides et les femmes tranquilles, après quoi nous étant raconté quelques-uns de nos flirts les plus ratés, nous fûmes secoués d'un fou rire inextinguible. Depuis nos divorces respectifs nous avions suivi des chemins parallèles, fait des expériences analogues. Je finis par avouer ma féroce jalousie à l'encontre d'Helena. Rien que sa vue portait un coup à mon image et froissait mon amour-propre.

— Pourquoi ? demanda-t-il. Elle doit être aussi bête que votre mari, car seul un imbécile peut préférer quelqu'un comme elle à une femme comme vous.

Je tâchai de lui expliquer que je m'étais laissée aller. Que ma vie, alors, tournait autour des visites chez l'orthodontiste et des bancs des terrains de jeux où j'emmenais mes enfants. J'omis d'ajouter que mon existence actuelle se partageait entre l'esthéticienne, le McDonald du coin, et *Les Feux de l'amour* à la télé. Il s'attendait sûrement à ce que j'aie une existence plus mouvementée. Un ex-mari plus intéressant. Un chirurgien spécialisé dans les greffes cardiaques par exemple ou un physicien nucléaire. Mais, pour le moment, il semblait se contenter de ma robe en lin blanc et de mon collier de turquoises. Il était minuit quand nous rentrâmes à la maison. A mon étonnement, Sam et Charlotte étaient encore debout. Ils regardaient la télévision dans le salon. Le chien ronflait dans les bras d'un Sam somnolent, tandis que la baby-sitter dormait à poings fermés dans ma chambre.

Je fis les présentations.

— Salut ! dit Charlotte, adressant à Peter un regard soupçonneux.

Sam le regarda comme s'il doutait de son existence. A vrai dire, j'éprouvais le même sentiment. Que faisait cet homme dans mon salon, à bavarder avec mes enfants à propos de l'émission qu'ils regardaient ? Les regards noirs que Charlotte lui décochait ne l'avaient pas intimidé. Je me tenais juste derrière lui. Puis Sam me regarda en disant :

— Tu as encore marché dedans, maman.

Je baissai les yeux sur mes chaussures, et je vis les traces sur le parquet.

— C'est le chien des voisins, expliquai-je. Il a loué la maison en même temps que nous et il partage la chambre de Sam.

Là-dessus je m'éclipsai, afin de nettoyer les saletés et de changer de chaussures. J'aurais tué ce chien avec plaisir, mais je ne dis rien, de crainte de donner à penser à Peter que je détestais les chiens, au cas où il en aurait un. Bah, quelle importance ! Quand le reverrais-je ? Sans doute jamais. Oui, sûrement même, si je me fiais à l'accueil de Sam et de Charlotte. Celle-ci lui lançait des regards plus froids que le réfrigérateur, qui, réparé, fabriquait à nouveau des glaçons.

Je proposai du vin à Peter, mais il opta pour un soda et nous nous assîmes dans la cuisine pendant que les enfants monopolisaient le salon. Peu après, j'allai réveiller la baby-sitter pour la payer. Il lui offrit de la raccompagner, mais elle avait sa propre voiture. Après son départ, nous restâmes sur la véranda et il me demanda si je voulais jouer au tennis le lendemain matin. J'étais une joueuse médiocre, dis-je. Il répondit qu'il n'était pas non plus Jimmy Connors. Il faisait montre d'une raisonnable humilité, sous sa belle assurance. Bref, il était bien dans sa peau. Et à juste titre. Il était séduisant, intelligent. Il avait du charme. Et un métier, ce qui ne gâchait rien. Il passerait me chercher à dix heures et demie, dit-il.

— Emmenez les enfants. Il y a plusieurs courts et on peut jouer en double.

— Oui, ce serait amusant, répondis-je, dubitative.

De toute façon, je n'avais pas le choix. La baby-sitter que j'employais n'était libre que le soir.

Quand les feux arrière de sa Jaguar argentée disparurent dans l'obscurité, je revins au salon, éteignis la télévision et intimai aux enfants l'ordre d'aller se coucher. Le danois se précipita aussitôt dans le lit de Sam, tandis que les chères têtes blondes attendaient, afin de m'exposer leurs impressions sur Peter. J'avais hâte de les connaître.

— C'est une andouille ! décréta Charlotte avec autorité.

Je me sentais déchirée entre la volonté de prendre la défense de Peter et celle de feindre l'indifférence.

— Pourquoi ? demandai-je d'un air détaché, tout en ôtant mon collier de turquoises.

— Parce que Monsieur porte des Gucci. Pour qui il se prend ?

Ah oui ? Et que veux-tu qu'il porte, Charlotte ? Des chaussures à clous ? Des galoches en caoutchouc ? Au contraire, les Gucci comme le jean blanc et la chemise bleue seyaient à son personnage : décontracté, propre et sexy.

— Ce type est une ordure, maman, insista ma fille. Il sort avec toi parce qu'il en veut à ton argent. Il a des arrière-pensées, je te dis !

Je ne l'avais pas remarqué. Il avait payé l'addition

au restaurant. Si par ailleurs il avait des arrière-pensées, je n'avais rien contre.

— Il m'a juste invitée à dîner, Charlotte. Il n'a pas demandé à voir ma feuille d'impôts. Comment peux-tu être aussi cynique à ton âge ?

La culpabilité m'écrasa. J'avais accusé Roger d'être intéressé. J'avais parlé un peu trop librement de lui... Mais il le méritait. Et pas Peter.

— Il est gay ? voulut savoir Sam.

Il venait d'apprendre ce mot et il l'utilisait à tort et à travers. Je l'assurai, néanmoins, que je pensais que non.

— Mais si, ça se pourrait ! déclara Charlotte, saisissant la perche que son frère lui avait tendue sans le savoir. Mais bien sûr ! Voilà pourquoi sa femme l'a quitté.

J'avais l'impression d'entendre ma mère.

— Comment sais-tu que c'est elle qui l'a quitté ? l'interrogeai-je, sur la défensive.

— C'est *lui* qui est parti ? demanda-t-elle, outragée, telle la défenderesse de la gent féminine, une Jeanne d'Arc armée d'une canette de soda au lieu d'un sabre.

— Je ne sais pas qui a quitté qui et cela ne nous regarde pas. A propos, ajoutai-je, feignant une décontraction que j'étais loin d'éprouver, demain matin nous jouons au tennis avec Peter.

— *Comment ?* glapit Charlotte en me suivant dans ma chambre, tandis que Sam prenait le chemin de la sienne. Je *déteste* le tennis.

— Ce n'est pas vrai. Hier, tu as joué au tennis toute la journée.

J'avais marqué un point. Mais je m'étais réjouie

trop vite. Ma fille était bien plus rapide que moi dans les joutes oratoires.

— Oui, peut-être, mais avec des *jeunes*. Et ton copain, il est vieux. Son cœur lâchera avant la fin du premier set, acheva-t-elle, d'une voix empreinte d'espoir.

— Je ne crois pas. Il arrivera, j'en suis sûre, à bout de plusieurs sets. Ne discute pas, Charlotte. Demain, nous irons jouer au tennis.

— Eh bien, pas moi.

Elle s'était jetée sur mon lit et me fixait effrontément. Si ma phobie de la prison ne m'avait pas retenue, je l'aurais volontiers étranglée.

— Nous en reparlerons demain matin, dis-je froidement.

Ce disant, je m'éclipsai dans la salle de bains, et refermai la porte. Le miroir me renvoyait mon reflet. Je l'examinai. Que m'arrivait-il ? Qui était cet homme ? Et pour quelle raison l'opinion que mes enfants avaient de lui m'importait-elle tant ? J'étais sortie deux fois avec lui et, déjà, j'essayais de l'imposer à Sam et à Charlotte. Tous les signes du danger étaient réunis. Et si Charlotte avait raison ? Peut-être devrais-je me décommander pour le lendemain. Car, puisque mes enfants le détestaient, aucune idylle entre lui et moi n'était possible... Aucune... *quoi* ? Paupières closes, je me passai de l'eau froide sur le visage. Je voyais déjà les lions dans le Colisée se pourlécher les babines.

J'enfilai une chemise de nuit, éteignis les lumières, allai me coucher. Charlotte m'attendait. Lorsque je fus allongée dans le noir, elle dit d'une voix qui me rappela la voix caverneuse de la petite fille possédée dans *L'Exorciste* :

— Il te plaît vraiment, n'est-ce pas ?

— Je le connais à peine.

Je m'étais efforcée de lui paraître innocente. Mais elle avait vu juste. Il me plaisait.

— Alors pourquoi nous obliges-tu à jouer au tennis avec un étranger ?

— Personne ne t'y oblige. Emporte un livre. Tiens, tu pourrais préparer tes exercices de la rentrée.

Le coup porta. Avec un bruyant soupir, elle me tourna le dos. Cinq minutes après, elle dormait profondément.

Peter apparut sur la véranda à dix heures et quart, en T-shirt et short blancs. Il avait des jambes musclées, bronzées, magnifiques. Je lui ouvris la porte-moustiquaire avec un sourire. Sam, attablé, mangeait des céréales en buvant du soda.

— Avez-vous bien dormi ? s'enquit Peter en me souriant.

— Comme un bébé.

Sam jeta ses céréales dans l'évier, éclaboussant le mur carrelé, tandis que Charlotte faisait son apparition dans la cuisine, un sourire malveillant aux lèvres. Elle tenait sa raquette à la main.

Il avait réservé deux courts dans un club des environs. Le genre de club privé très fermé dont on est membre de père en fils. Roger en aurait été vert de jalousie. Roger aurait haï Peter. Ce dernier représentait tout ce que Roger aurait voulu être.

Charlotte suggéra immédiatement une partie de double. Je compris que j'allais avoir des ennuis.

Peter, lui, pensait qu'elle lui témoignait de l'amitié. Elle insista pour que je sois sa partenaire. Peter dut faire équipe avec Sam, qui avait tout juste commencé ses leçons. La partie s'engagea... Charlotte expédiait la balle par-dessus le filet avec une force qui frisait l'animosité. Je ne l'avais jamais vue jouer aussi bien, si l'on peut appeler du jeu ce combat plein de hargne et de férocité. Si elle avait participé aux jeux Olympiques, elle aurait remporté la médaille d'or. Et j'aurais été fière d'elle. Mais aujourd'hui, elle se montrait impitoyable. A mon étonnement, Peter subit les assauts sans broncher. Il n'essaya pas de lui taper dessus avec sa raquette, ni de la tuer. Lorsqu'elle eut gagné la partie, elle lui décocha un sourire vengeur.

— Elle joue très bien, remarqua-t-il peu après, d'un ton charitable, nullement impressionné par sa performance.

De nouveau, j'eus envie d'étrangler Charlotte. Heureusement, ayant aperçu quelques-uns de ses amis au bar, qui sirotaient des Coca-Cola, elle me demanda la permission de les rejoindre. Oui, lui concédai-je, à condition d'emmener Sam... ce que, bien sûr, elle ne fit pas. Ensuite, je m'excusai auprès de Peter pour l'attitude sanguinaire de ma fille sur le court.

— Mais non, dit-il. C'était très amusant.

Pour la première fois, je me demandai s'il n'était pas fou.

— Elle essayait de me prouver qu'elle avait raison, continuai-je.

Peter se mit à rire.

— Je vois. Elle n'a rien à prouver, cependant. Je

suis relativement inoffensif. Votre fille est intelligente, Stephanie. Elle doit probablement se faire du souci pour vous. Elle se demande qui je suis, ce que je fais ici, à vous tourner autour. Rien de plus normal... Mais je vous préviens, en revanche, je suis en train de tomber amoureux de Sam.

L'image de Peter tenant la menotte de Sam avec une affection toute paternelle me traversa l'esprit. Je m'empressai de la chasser.

Nous nous installâmes pour déjeuner avec Sam, tandis que Charlotte restait à la table de ses amis. Elle semblait avoir oublié sa rancune vis-à-vis de Peter. L'ayant battu à plates coutures, elle devait s'estimer satisfaite. De plus, il y avait dans le groupe deux garçons de quatorze ans qui accaparaient toute son attention.

Après le repas, Sam nagea dans la piscine. Peter et moi, assis côte à côte, regardions les plongeons de mon fils, tout en bavardant. C'est fou le nombre de points communs que nous nous découvrîmes. Nous étions d'accord pratiquement sur tout. Nous partagions les mêmes opinions politiques, nous avions aimé les mêmes livres, les mêmes films. Le hockey nous passionnait. Nous avions visité les mêmes endroits en Europe. Il me promit de m'emmener faire du bateau. J'évoquai un spectacle au Met que j'avais envie de voir et il me proposa aussitôt de m'y accompagner.

Le week-end s'écoula comme dans un rêve. Le suivant également. Et le troisième aussi. Charlotte continuait de qualifier Peter d'andouille, avec moins de véhémence toutefois. Cet été-là, mes enfants virent souvent la baby-sitter. Peter venait deux fois par semaine. Il dînait avec moi avant de dormir à l'hôtel. Il ne correspondait guère au profil des hommes avec qui j'étais sortie avant lui. Il était beaucoup plus humain.

Jusque-là, nous avions échangé de nombreux baisers. Rien de plus. Chaque soir, en rentrant à la maison sur mon petit nuage, je tombais sur Charlotte qui, en bon cerbère de service, essayait invariablement de me cuisiner.

— Alors ? Il t'a embrassée ?

— Bien sûr que non !

C'est bête de mentir, je sais, mais comment avoue-t-on à sa fille de treize ans qu'on a bel et bien flirté avec un homme dans une Jaguar ? De mon temps, on appelait cela « faire un câlin ». J'aurais pu lui servir une variante du câlin, et Dieu sait si la terminologie s'appliquant aux étreintes anodines a évolué à travers les âges, mais je connaissais ma fille. Elle ne me croirait pas. Dès lors, le mensonge semblait la seule solution pour me sortir d'affaire. J'ai toujours pensé que, quoi qu'il arrive, il ne faut jamais rien avouer. Que quoi qu'il se passe, il faut toujours clamer haut et fort son innocence. En l'occurrence sa virginité. J'avais commencé à m'entraîner à l'université, et Roger s'en amusait follement.

Mais Charlotte ne prenait pas des vessies pour des lanternes.

— Maman, tu mens ! Je le sais.

Oui, d'accord, mais n'exagérons rien. Je n'avais pas grand-chose à cacher. Jamais Peter ne m'avait proposé de le suivre à son hôtel et je ne le lui avais pas demandé non plus. Il fallait bien que je rentre, ne serait-ce que pour payer la baby-sitter. Ses parents m'auraient assassinée si elle n'était pas rentrée chez eux de la nuit, et mes enfants m'auraient tuée aussi. J'étais cernée de tous les côtés. Les interrogatoires de Charlotte me rappelaient ma jeunesse, lorsque mes parents me posaient les mêmes questions quand j'étais au lycée.

— Je sais que tu vas le faire avec lui, maman, m'accusa finalement Charlotte, une nuit d'août.

Elle n'avait pas tort. Je commençais à le penser aussi. Comme toujours, le sixième sens de ma fille avait capté la vérité. Car ce soir-là, dans la Jaguar, nous nous étions aventurés plus loin que nos baisers habituels. Heureusement nous avions tous deux recouvré nos esprits à temps. Charlotte aurait dû se sentir fière de moi au lieu de m'accabler de reproches.

— Charlotte, répondis-je calmement, toute frissonnante encore au souvenir des mains de Peter glissant sous mon corsage, je ne vais pas *le faire* avec qui que ce soit. Je t'interdis de me parler sur ce ton. Je suis ta mère.

— Et alors ? Helena se promène toute nue devant papa, puis ils vont dans leur chambre et ils ferment la porte à clé. Tu crois qu'ils jouent aux cartes ?

J'eus la sensation de recevoir un seau d'eau glacée en pleine figure. Je ne voulais pas savoir à quoi jouaient Roger et Helena.

— Ce n'est pas mon affaire. Ni la tienne, dis-je fermement.

— Je crois que tu l'as dans la peau, maman.

Elle eut le sourire malveillant de l'enfant de *La Mauvaise Graine*, un film que nous avions vu ensemble. Je la regardai, horrifiée.

— Qui ça, papa ?

Je n'avais pas eu Roger « dans la peau » depuis des siècles et rien qu'à cette idée j'avais des sueurs froides.

— Mais non, maman. Je voulais dire Peter.

— Oh... (Décidément, elle ne me laissait aucun répit.) Je l'aime bien, c'est tout. Il est gentil. Nous apprécions la compagnie l'un de l'autre.

— Ouais... Et tu meurs d'envie de le faire avec lui, non ?

— Faire quoi ? l'interrompit Sam en entrant dans la pièce, le danois sur ses talons.

Les voisins devaient penser que leur animal était parti en colonie de vacances. Mais même quand il leur rendait visite de temps à autre, c'est sur notre pelouse qu'il déféquait fidèlement.

— Faire quoi ? demanda de nouveau Sam en se servant une canette de soda.

Il était tard, mais il prétendit qu'un cauchemar l'avait réveillé. Mon cauchemar à moi avait pour nom Charlotte. Elle aurait facilement siégé à la place d'honneur parmi les membres de l'Inquisition.

— Je disais à maman qu'elle allait sûrement le faire avec Peter, si ce n'est déjà consommé.

— Mais faire quoi ? hurla Sam, exaspéré.

Je tâchai vainement de les entraîner vers leurs lits.

— L'amour, expliqua Charlotte à son frère cadet. Elle va coucher avec Peter.

Je poussai le chien hors de la porte-moustiquaire, afin qu'il puisse se soulager sur la pelouse plutôt que sur les tapis.

— Je ne couche avec personne, coupai-je dignement. Maintenant au lit, vous deux ! Et tout de suite !

Charlotte réussit à arborer une expression à la fois blessée et réprobatrice.

— Maman se débarrasse de nous pour ne pas avoir à nous dire ce qui se passe vraiment entre elle et Peter.

— Il ne se passe *rien* entre Peter et moi. En revanche, il va se passer quelque chose si vous n'allez pas vous coucher immédiatement.

Charlotte me mitrailla d'un regard noir. Sam posa sa canette dont le contenu se répandit sur le comptoir, puis ouvrit la porte de la cuisine pour permettre au chien d'entrer. Le danois se précipita, bien sûr, tout frétillant. Il se mit à agiter la queue, ravi de me revoir, balayant au passage les restes de la boisson avant de se ruer hors de la cuisine.

Je bordai Sam dans son lit, puis me laissai tomber sur le canapé du salon avant de gagner ma chambre que Charlotte avait déjà investie. J'accumulais les difficultés. La réaction négative de mes enfants contrecarrait mes désirs amoureux. Comment le leur expliquer ? Visiblement, je ne parviendrais pas à introduire Peter dans ma vie quotidienne. Nous pourrions toujours aller dîner, il aurait même parfois l'occasion de me rendre visite chez moi. Mais partager la même chambre sous le même toit que mes enfants relevait de l'impossible. Charlotte était capable d'appeler la police des mœurs. Eh bien, me dis-je en éteignant les lumières et en me dirigeant vers ma chambre, un jour, peut-être... Quand Sam serait à l'université.

Inévitablement, les prédictions de Charlotte s'avé-

75

rèrent exactes. Peter proposa de venir me rejoindre pour le week-end dès qu'il sut que les enfants passeraient le Labor Day chez leur père. Il allait réserver une chambre à l'hôtel. A ma surprise, il me suggéra d'y rester avec lui.

— Je... euh... ne... euh... bredouillai-je lamentablement, en dépit des progrès que nous avions accomplis en la matière depuis le début du mois d'août.

Non mais j'étais adulte ! me remémorai-je. Charlotte n'en saurait rien.

— Pourquoi ne restes-tu pas à la maison ? murmurai-je.

— Oui, ce serait charmant.

Je l'imaginai souriant à l'autre bout du fil. Je raccrochai, rouge comme une pivoine. Etre timide, à mon âge, confinait au ridicule. Il n'empêche que je me sentis comme une jeune fugueuse en passe d'être arrêtée par la police quand la Jaguar argentée remonta l'allée. J'attendais sous le porche, toute de rose vêtue, jean, T-shirt, espadrilles. Je devais ressembler à une barbe à papa géante, mais Peter ne parut pas le remarquer.

Il m'embrassa, entra et posa son bagage. Et ce simple geste symbolisa d'un seul coup dans mon esprit quelque chose de terriblement compromettant. Une sorte d'engagement définitif et donc menaçant. Et si je n'avais pas le courage de « coucher avec lui », comme l'avait si élégamment formulé Charlotte ? Et si je changeais d'avis ? Et si Sam et Charlotte n'étaient pas partis, en fait, et se cachaient dans l'armoire ? Pourtant, je les avais vus s'en aller deux heures plus tôt dans la voiture de Roger, ce qui m'avait permis de me plonger dans un bain moussant, puis de transformer la mère de famille que j'étais en bombe sexuelle.

— Bonsoir, dit-il en m'attirant dans ses bras et en m'embrassant de nouveau, sans faire attention à ma nervosité. J'ai apporté des réserves. Ou préfères-tu sortir ? Je suis un vrai cordon-bleu... si tu acceptes de me faire confiance.

Justement, toute la question était là. La confiance. La vérité était que je lui faisais confiance. Mais avais-je raison ? C'était une autre paire de manches. « Une ordure », avait dit Charlotte. Et si c'était vrai ? S'il passait son temps à séduire des femmes, à les emmener dîner à seule fin de les entraîner dans son lit ? Et qu'est-ce qui me prouvait qu'il était divorcé, qu'il n'avait pas une armada de petites amies à New York et en Californie ? Pourtant, alors que je l'aidais à poser les sacs de nourriture sur la table et que ses lèvres cherchaient les miennes plus passionnément cette fois, je décidai que cela n'avait aucune importance. J'étais folle de lui. Et s'il finissait par me trahir, il ne pouvait pas être pire que Roger.

Nous rangeâmes les steaks et la salade dans le réfrigérateur, il posa la bouteille de vin rouge sur la table, et c'est à ce moment-là, je crois, que je perdis la tête, tandis qu'il commençait lentement à me déshabiller. Puis, sans effort, tout naturellement, nos vêtements s'envolèrent comme un nuage rose, blanc et kaki, et l'instant suivant, nous étions nus sur mon lit. Le soleil couchant plongeait lentement dans l'océan. J'avais le souffle coupé. Je n'avais jamais désiré quelqu'un autant que cet homme, auquel je vouais soudain une confiance illimitée. Je ne m'étais jamais donnée à personne comme à lui, pas même à Roger.

Le reste se déroula comme dans un rêve. Nous émergeâmes, haletants, d'un abîme délicieux. Enlacés, nous parlâmes longuement, à mi-voix, les yeux dans les yeux. Nous ne nous arrêtions que pour nous embrasser. Nous repartîmes à la découverte l'un de l'autre. Il était minuit passé quand il dit d'une voix enrouée :

— As-tu envie... ?

Il roula sur le côté. Je touchai sa peau si douce, avec un soupir.

— Oh, Peter, non, pas encore. Je ne peux plus.

Il laissa échapper un rire.

— Je voulais dire : as-tu envie de manger ?

— Ah...

Une étrange timidité me paralysait. Et, en même temps, j'éprouvais un immense bien-être. Rien de comparable à ce que j'avais ressenti jusqu'alors. Il me regardait si tendrement, avec tant de gentillesse... Et puis, nous avions été amis avant de devenir amants, et cela avait quelque chose de rassurant.

— Veux-tu que je te prépare un petit plat ? demandai-je, confortablement installée dans le lit en bataille.

Dommage que nous ne puissions rester ainsi allongés pour l'éternité, me disais-je, et pour la première fois depuis notre divorce, j'adressai une pensée reconnaissante à Roger, qui avait pris les enfants pour le week-end.

— Non, c'est moi le chef, ce soir.

Il se pencha pour m'embrasser, et je crus que nous allions recommencer à nous aimer, mais la douce fatigue qui nous engourdissait l'emporta... Je m'aperçus que je mourais de faim.

Après réflexion, nous tombâmes d'accord : une omelette plutôt que les steaks. Peter la prépara, avec du jambon et du fromage, puis il assaisonna la salade. Ses talents de cuisinier valaient presque ses prouesses amoureuses.

Après dîner, nous nous promenâmes sur la plage. Nous rentrâmes, enlacés. Dormir pour la première fois dans les bras l'un de l'autre ne posa aucun problème. On ignore comment l'autre dort, s'il aime se coller à vous ou de quel côté du lit il préfère s'étendre. Mais avec Peter tout semblait simple. Il m'attira vers lui, et je me blottis dans ses bras, les paupières déjà lourdes de sommeil. Pourtant, peu après, je rouvris les yeux. Est-ce que Charlotte ne savait pas, grâce à son diabolique pouvoir extrasensoriel de petite fille de treize ans, que nous « l'avions fait » ? Je souris en regardant Peter... Il était si beau, endormi...

Pardon, Charlotte.

Le jour suivant s'écoula de la même manière. Nous refîmes l'amour dès le réveil. Je préparai le petit déjeuner. Nous allâmes nager. De retour à la maison, nous nous précipitâmes au lit. Puis nous repartîmes nous promener. Et ainsi de suite. J'avais perdu la notion du temps. Je **ne** savais qu'une chose : j'étais en train de tomber amoureuse de lui. Ou plutôt : j'étais déjà folle amoureuse de lui. Tous ces instants tellement doux, tellement tendres, faisaient partie de moi à jamais. J'étais perdue.

Il me raccompagna en ville le lundi soir, après que

j'eus fermé la maison. Il partait quelque temps en Californie en septembre, annonça-t-il.

— Tu y vas souvent ? demandai-je négligemment.

Là, il allait sûrement me déclarer que c'était la fin d'un beau rêve d'été, d'une brève rencontre. Ou que j'allais devoir m'habituer à ses absences, si je tenais à le revoir. Je voulais bien m'habituer à tout. Cela en devenait agaçant. Je le connaissais depuis à peine deux mois et j'étais prête à lui sacrifier toutes mes bonnes résolutions. Comment en étais-je arrivée là ? La vie m'avait pourtant appris la prudence. Après treize ans de mariage, mon mari, que j'aimais et en qui j'avais confiance, m'avait regardée dans le blanc des yeux en m'annonçant qu'il ne m'aimait plus. Rien ne m'interdisait de penser que Peter se comporterait de la même manière. Du coup, je décelai un sens plus profond dans son départ pour la Californie. Lui restait détendu. En se garant devant mon immeuble, il m'embrassa.

— Tout ira bien, Steph, dit-il comme s'il avait ressenti ma panique. Ne t'inquiète pas, ma chérie. Je ne serai pas absent plus de deux semaines.

Je le dévisageai, le cœur battant la chamade. « Oh, Peter, comme tu vas me manquer ! » Il poursuivit, comme s'il lisait dans mes pensées :

— Mais j'ai une surprise pour toi. Tu verras. Je ne te manquerai même pas.

— Quelle surprise ? m'enquis-je naïvement, soulagée tout de même.

Il s'en allait, mais ne rompait pas. Enfin, pas encore. Et de quelle surprise s'agissait-il ? Je reposai la question, tandis que Peter m'aidait à sortir mes bagages du coffre de la voiture et que le portier de l'immeuble disparaissait, comme d'habitude, à leur vue.

— Tu verras, répondit-il, mystérieux. Tu ne resteras pas seule une minute.

Il partait deux jours plus tard, ce qui nous laissait un peu de temps à New York.

La veille de son départ, il m'emmena dîner au 21, où tout le monde le connaissait. La soirée se termina chez lui. Notre étreinte fut merveilleuse. Plus magique encore que nos ébats du week-end. Les enfants étaient encore avec Roger et Helena... Demain, ce serait fini. La tristesse m'envahissait. Le lendemain matin, lorsqu'il me laissa devant ma porte, il me dit qu'il m'aimait. Je répondis que je l'aimais aussi... Je ne pensais plus à sa surprise. Aucune surprise ne comptait après ses déclarations.

— Je t'aime, avait-il murmuré.

Mais qu'est-ce que ces mots signifiaient pour lui ?

4

Peter me passa un coup de fil de l'aéroport. Il avait la voix claire qu'il prenait quand il était de bonne humeur. De nouveau, il fit une vague allusion à sa surprise, puis, comme on appelait les passagers de son vol, il se hâta de raccrocher.

Il me laissait pleine d'une étrange sensation. Je m'étais attachée à lui, le peu de temps que nous étions restés ensemble. Je croyais vivre une grande histoire d'amour merveilleusement romantique dans laquelle, néanmoins, s'immisçaient des habitudes, comme si nous étions déjà un couple marié. Auprès de Peter, je revivais. De ma vie je n'avais éprouvé une telle sécurité, pas même avec Roger. C'était très différent. A bien des égards, le côté adulte et responsable de Peter m'inspirait une confiance absolue. De plus, nous nous amusions comme des collégiens, nous avions toujours quelque chose à nous dire, nous étions heureux d'être ensemble. Il n'y avait pas de blancs, pas de temps morts comme avec Roger. Peter était formidable.

Il avait conquis Sam depuis longtemps, mais Charlotte restait sur ses gardes. Elle continuait de prêter à Peter des arrière-pensées inavouables et se répandait en méchancetés chaque fois que l'occasion se présentait. Peut-être ne supportait-elle pas qu'il me rende heureuse. L'hostilité de Charlotte ne semblait pas gêner Peter, ce qui le rendait encore plus attachant à mes yeux. Les sous-entendus, les regards haineux de ma fille ne le dérangeaient pas. Apparemment, rien ne le dérangeait. Il acceptait la vie telle qu'elle était. Il avait bon caractère et, de plus, il témoignait une sincère affection à mes enfants.

Le jour où Peter partit Charlotte exultait. Le soir même, elle était en train de m'expliquer comment son avion s'écraserait et décrivait avec délices les flammes qui allaient réduire en cendres appareil et passagers, quand le carillon de l'entrée l'interrompit. Je sortis de la cuisine, en tablier, une louche à la main. C'était la première semaine d'école. Sam étudiait dans sa chambre. Charlotte s'éclipsa dans la sienne, tandis que la sonnette tintait, comme si elle avait deviné ce qui allait suivre.

Je m'étonnai que le portier n'ait pas annoncé le visiteur. Un voisin sans doute, ou le facteur m'apportant un paquet... Rien ne m'avait préparée au spectacle qui s'offrit à mes yeux quand j'ouvris la porte. La louche faillit me tomber des mains. Peter se tenait sur le seuil, dans un costume tout simplement incroyable, une sorte de déguisement que je n'avais jamais vu sur personne et encore moins sur lui. Je laissai errer un regard incrédule sur le pantalon vert fluo qui le moulait comme une deuxième peau, la chemise noire transparente à paillettes, les bottes de cow-boy en satin noir ornées de boucles de strass... Cette paire de bottes, j'avais déjà eu l'occasion de l'admirer dans une pub de Versace et je m'étais même demandé qui oserait la porter. Eh bien, voilà, c'était fait. Peter me souriait. Il avait gominé ses cheveux et les avait coiffés en arrière. Visiblement, il n'avait pas quitté la ville. Il était resté, s'était déguisé pour Halloween, un peu en avance, c'est vrai, et s'était présenté à ma porte. Il avait l'air très différent sans ses jeans blancs ou ses pantalons kaki bien repassés au pli impeccable et ses chemises bleu marine, et en même temps, c'était bien lui.

Je nouai mes bras autour de son cou, en riant.

— Oh, chéri, tu es là ! Mais quel drôle d'accoutrement !

Il avait même changé d'after-shave. Celui-ci, plus fort, me donnait envie d'éternuer. Il me suivit dans la cuisine en roulant des mécaniques. Dans ses vêtements excentriques, il évoquait Liberace, Elvis Presley et Michael Jackson tout à la fois. On aurait dit la vedette d'un cabaret de Las Vegas.

— Tu aimes mes habits ? demanda-t-il, avec un large sourire.

— Ils sont surprenants... Mais ce que j'aime le plus, c'est que tu sois ici, près de moi.

Ayant posé la louche, je le détaillai en souriant. J'avais hâte que les enfants le voient. Charlotte surtout, qui ne cessait de le traiter de « vieux raseur, conservateur et assommant ». Eh bien, pour le moment, on ne s'ennuyait pas en voyant sa tenue extravagante et la farce qu'il me jouait.

— Est-ce qu'il t'a dit que j'allais venir ?

Il s'affala sur une chaise et passa une main caressante sous ma jupe, geste qu'il ne s'était jamais permis jusqu'alors avec les enfants à proximité.

— Qui ça ? demandai-je, déroutée.

Non, personne n'avait gâché la surprise. Et qui l'aurait fait ? Ses amis qui me connaissaient se comptaient sur les doigts d'une main. Il n'avait pas eu le temps de me présenter les autres.

— Peter, répondit-il, en poursuivant sa caresse.

Je craignais que l'un des enfants entre dans la cuisine et nous surprenne dans cette attitude choquante. La sensation n'en était pas moins agréable, mais je me dégageai à contrecœur.

— Quel Peter ?

Je ne connaissais aucun Peter à part lui. Et puis je n'arrivais pas à me concentrer. Entre son nouveau look et son étrange comportement, j'étais perdue. J'avais adoré sa surprise, naturellement, mais tout a des limites.

Il me répondit, en détachant chaque syllabe, comme s'il s'adressait à une demeurée. J'écoutai attentivement, en essayant d'éviter de mon mieux ses mains baladeuses.

— Peter ne t'a pas mise au courant de mon arrivée ?

— Ah, très amusant ! Non, tu ne m'as pas dit que tu resterais à New York. Tu m'as fait croire que tu partais à San Francisco. Mais je suis ravie que tu sois là.

— Mais je suis parti, rétorqua-t-il. Je veux dire, *il* est parti ce matin. Il m'a prié de venir à l'heure du dîner, parce que, plus tôt, tu vas chercher les enfants à l'école, paraît-il.

— Je t'en prie, arrête ! Vraiment tu exagères ! Est-ce que, par hasard, tu fais semblant de ne pas être Peter ?

J'éclatai de rire. Je m'amusais comme une folle. S'il n'avait pas été scientifique, il aurait fait un comédien accompli.

— Je ne fais pas semblant. Il a fallu des années pour me mettre au point. Au début, je n'étais qu'une créature expérimentale. Mais le succès fut tel qu'il a sûrement voulu partager le secret avec toi.

— Quel secret ? fis-je, ahurie.

Il parlait de manière énigmatique. Et cela allait à merveille avec sa tenue. Le pantalon vert fluo semblait lancer des flammes, tandis qu'il déambulait d'un pas élastique dans ma cuisine.

— Moi ! dit-il, fièrement. C'est moi le secret. Il ne t'a rien dit, avant de s'en aller ?

Il souriait et moi aussi.

— Il a parlé d'une surprise, répondis-je, marchant sans le vouloir dans le jeu.

— C'est moi la surprise. Et le secret. Ils l'ont cloné.

— Mais qui l'a cloné ? Cloné qui ? Et pourquoi ?

Mon sourire se changeait en grimace. C'était énervant, à la fin. Ou il avait un jumeau, ou son sens de l'humour laissait à désirer.

— Les gens du labo, expliqua-t-il, tout en inspectant les placards. Peter t'a certainement dit qu'il s'occupait de bionique. Tu as devant toi son expérience la plus réussie.

— Qu'est-ce que tu cherches ?

Il déplaçait les objets, déterminé à découvrir quelque chose.

— Le bourbon.

— Tu ne bois pas de bourbon, lui rappelai-je.

Mais oui, bien sûr, encore un détail mis au point par un esprit machiavélique. Ou perturbé. Se pouvait-il qu'il soit schizophrène ? Qu'il souffre de dédoublement de la personnalité, ou de personnalité multiple ? Et si c'était vrai ? Oh, Seigneur, pourquoi pas ? Aussi merveilleux qu'il fût, cela n'excluait pas la folie. Peut-être avait-il tout inventé : son laboratoire de recherches génétiques à San Francisco, son ex-femme, son fils... Je le scrutai, sentant monter en moi une vague de frayeur, alors qu'il se servait un grand verre de bourbon sans glaçons. Je ne trouvais plus cela drôle. Il était beaucoup trop convaincant.

— Qu'est-ce que tu fais ?

Petite, j'avais vu un film d'épouvante avec Joanne Woodward dans le rôle d'une femme possédée par des dizaines de personnalités différentes. J'en avais été terrifiée. Comme je l'étais maintenant. Il semblait convaincu d'être quelqu'un d'autre... Et je peux vous assurer que la réalité dépassait la fiction.

— Je sais qu'il ne boit pas de bourbon, dit-il, vidant d'une traite la moitié de son verre, comme s'il s'agissait de soda. *Je* bois du bourbon. Lui, il préfère le Martini-gin.

— Peter, arrête. Je suis ravie que tu sois là. C'est une surprise merveilleuse. Mais les plaisanteries les plus courtes sont les meilleures. Cela suffit maintenant. Tu me rends nerveuse.

— Pourquoi ?

Encore une lampée de bourbon, après quoi il s'essuya la bouche avec sa manche et réprima un hoquet.

— Ne sois pas si nerveuse, Steph. Ce n'est pas une plaisanterie. Je suis le cadeau que Peter t'envoie. Il m'a expédié de Californie pour te tenir compagnie.

— Ah oui ? Et comment es-tu venu ? En soucoupe volante conduite par des petits hommes verts ? Arrête, maintenant, Peter.

— Je ne m'appelle pas Peter. Mon nom est Paul. Paul Klone.

Il se redressa et esquissa une révérence sous mon regard fasciné. Oui, il me fascinait... Je réussis à lui adresser un sourire.

— Cesse donc de me taquiner. C'est insensé.

— Au contraire. C'est épatant, répondit-il avec fierté. Il y a dix ans, personne ne serait parvenu à ce résultat. Je suis l'enfant de la science. Ton Peter est un génie.

— Un fou furieux, oui !

Je le fixai, optant de nouveau pour la version du frère jumeau. Mais oui, voilà pourquoi Peter avait parlé de surprise. En tout cas, il avait choisi une façon extravagante de me le présenter.

— Dis-moi la vérité. Tu es son frère, n'est-ce pas ?

— Pas du tout. Je viens de t'expliquer. Je m'appelle Paul et je fais tout exactement comme lui... sauf... (il adopta un air d'excuse)... en ce qui concerne l'habillement. Il a eu beau essayer et réessayer de me programmer. Rien à faire. Tu sais, le blazer, la chemise blanche, toutes ces horribles cravates, je ne les supporte pas. A la fin, il m'a laissé libre de choisir ma garde-robe.

Il montrait ses bottes en satin noir aux boucles

88

scintillantes de strass. J'écarquillai les yeux. La folie dans toute sa splendeur ! La bouffée délirante de la démence ! La crise après l'accalmie ! Mon grand, mon fabuleux amour virait au cauchemar. C'était pire que tout. Pire que la trahison de Roger. Peter souffrait d'une forme sévère de psychose, j'en fus soudain convaincue.

— Tu es de la même couleur que mon pantalon, observa-t-il gentiment. Tu es enceinte ?

— Je ne crois pas, répondis-je faiblement.

Je fus prise de vertige. S'il exécutait un numéro d'acteur, c'était le meilleur que j'avais jamais vu. Mais s'il croyait vraiment à cette histoire sans queue ni tête, il devait être très atteint. Très malade. Et voilà. Avec ma chance habituelle, j'étais tombée amoureuse d'un spécimen pour hôpital psychiatrique.

— Et tu ne voudrais pas l'être ? poursuivit-il en se resservant une énorme rasade de bourbon.

Une odeur de brûlé me dispensa de répondre. Le dîner ! Je courus vers le four où les restes d'un poulet aux pommes de terre achevaient de se calciner.

— Ne t'inquiète pas. Je vous emmène au restaurant, toi et les enfants. Je lui ai piqué sa carte American Express, ajouta-t-il, ravi de son exploit.

— Peter, je me sens trop mal pour aller où que ce soit. Et maintenant, arrête, je t'en supplie. *Ce n'est pas drôle !*

J'étais sincère. J'en avais assez de ce petit jeu cruel. Alors que lui semblait apprécier chaque instant.

— Désolé, dit-il, d'un air penaud.

Il commençait à comprendre à quel point il

m'avait bouleversée. Encore un peu et je me trouverais mal. Que penseraient les enfants s'il continuait à débiter toutes ces sottises ? L'un de nous deux finirait au pavillon psychiatrique du coin. Et j'étais prête à y foncer s'il ne se comportait pas plus normalement.

— Tu sais, Steph, si tu veux un enfant, ce sera mieux avec moi qu'avec lui. Ils ont vérifié tous mes circuits l'année dernière.

— Tu m'en vois enchantée. Mais non, je ne veux pas d'enfant. Je veux l'homme que j'aimais.

Je retenais mes larmes, au cas où cela aurait été une plaisanterie, chose à laquelle je ne croyais plus qu'à moitié. Je priais pour que son sens de l'humour quelque peu bizarre, associé au bourbon, soit le seul responsable de cette situation. Là-dessus, il se servit un troisième verre sous mon regard désolé.

— Je suis beaucoup mieux que lui, Steph, déclara-t-il. Tu m'aimeras, si tu acceptes de mieux me connaître.

Il laissa échapper un rire, posa son verre, vint m'enlacer. Je levai la tête, pleine d'espoir. C'était fini. L'affreuse blague terminée, il allait redevenir mon Peter bien-aimé. D'ailleurs, j'éprouvai les sensations familières dans ses bras, malgré son aftershave à la rose qui me chatouillait les narines. Je posai la tête contre sa poitrine et j'aperçus, alors, pour la première fois, sous la ridicule chemise transparente, un médaillon en diamant gravé d'un insigne de paix suspendu à une chaîne également en diamant.

— Super, hein ? jubila-t-il. Commande spéciale chez Cartier.

— Je crois que je vais avoir une crise de nerfs !

Du valium ! Il me fallait du valium ! Il me restait quelques pilules prescrites par mon médecin quand Roger m'avait quittée. Dans cinq minutes, si je n'en prenais pas, j'allais devenir folle.

— Ma chérie, regarde-moi.

Je m'exécutai dans l'espoir que cette fois-ci ce serait vraiment fini. La fameuse surprise prenait peu à peu la dimension du nuage atomique au-dessus d'Hiroshima.

— Je suis là pour deux semaines, tant que lui sera absent. Amusons-nous, au moins.

— Ah, non ! Tu vas me rendre folle !

J'avais fondu en larmes. Il me faudrait plus de deux ou trois valiums pour recouvrer mes esprits. Car il y allait de ma santé mentale, je le savais.

— Je vais te rendre si heureuse que tu ne voudras plus de lui quand il reviendra de Californie.

— Je veux qu'il revienne *maintenant* ! hurlai-je, dans l'espoir d'effrayer l'esprit malin qui avait pris possession de lui, et qui s'efforçait de dégrafer mon soutien-gorge, profitant de ce qu'il me tenait dans ses bras. Quant à toi, débarrasse-moi le plancher !

— Je ne peux pas, dit-il gentiment.

Si gentiment que je me rappelai la tendresse de Peter. Mes larmes se muèrent en sanglots, et je posai la tête sur son épaule. Cela dépassait l'entendement. J'étais amoureuse d'un fou. Même sa deuxième personnalité, complètement démentielle, me paraissait attachante.

— Je lui ai promis de prendre soin de toi jusqu'à son retour, reprit-il. Je ne peux pas te laisser. Il me tuerait.

— C'est moi qui te tuerai si tu n'arrêtes pas !

— Détends-toi. Allez, viens, je vais t'aider à préparer le dîner. Assieds-toi une minute et laisse-moi faire. Tiens, bois un peu, tu te sentiras mieux.

Il me tendit un verre de bourbon, et enfila l'autre tablier. Je le suivis du regard, tandis qu'il s'approchait de la cuisinière. On aurait dit que des martiens avaient envahi ma maison. Il ajouta toutes sortes d'épices dans le potage, qui frémissait doucement sur le feu, et mit une pizza surgelée au four. Sans un mot, il prépara une salade, accompagnée de pain à l'ail. Dix minutes plus tard, il se tourna vers moi avec un sourire, annonçant que « Madame était servie ».

— Veux-tu que j'appelle les enfants ? demandat-il, très serviable.

— Et qu'est-ce que je vais leur dire ? demandaije, désespérée, complètement dépassée par les événements, et un peu grise à cause du bourbon. Vastu te comporter aussi mal pendant tout le repas ?

— Ils s'habitueront à moi, Steph. Et toi aussi, je te le promets. Aucun de vous ne le reverra avec plaisir dans quinze jours. Je suis beaucoup plus drôle. Et meilleur cuisinier. Sans parler du reste.

De nouveau, il voulut s'attaquer à mon soutiengorge. Je bondis.

— Peter, *non* ! Pas ici ! Et pas maintenant.

Mais que disais-je, « pas maintenant » ? Plus jamais. Plutôt mourir que permettre à cet échappé de l'asile de me toucher. Peter avait toujours restreint sa passion à ma chambre. Sous sa nouvelle apparence, toutefois, il semblait avoir perdu toute inhibition.

— Bon, je vais appeler les enfants. Toi, assieds-toi là, suggéra-t-il gentiment.

Avant que je puisse réagir, il se précipita hors de la cuisine.

— Charlotte, Sam, à table.

Peu après, Sam entrait en trombe. A la vue de Peter, un large sourire illumina sa frimousse.

— Ouaouh ! C'est comme ça que tu t'habilles en Californie ?

— En fait, j'ai acheté le pantalon à Milan, l'année dernière. Tu l'aimes ?

— Ouais... il est géant ! s'exclama Sam, admiratif. Je parie que maman n'est pas contente.

Il me regarda, guettant ma réaction. Je me contentai de sourire en hochant la tête, trop effondrée pour parler. Charlotte apparut à ce moment-là.

— Qu'est-ce qui se passe ? Tu fréquentes les boutiques de Greenwich Village maintenant, Peter ? Je te croyais en Californie... Tu as l'air d'une rock star.

— Merci, Charlotte, répondit-il, tout sourire, posant le dîner sur la table. Ta mère a cru que tu serais horrifiée.

— Non, mais je suis sûre qu'elle l'est, en revanche, pouffa Charlotte. (Elle prit place en face de moi et j'eus l'impression que le contrôle de ma vie m'avait échappé.) Un jour j'ai acheté une chemise comme la tienne. Elle m'a obligée à la rapporter. Elle a dit que je ressemblais à une prostituée, tu te rends compte ?

Je sirotai encore une gorgée de bourbon pendant que Peter, Paul ou Jack découpait délicatement la pizza.

— Je te prêterai la mienne, si ta mère est d'accord, offrit-il, magnanime.

Les enfants trouvèrent le potage délicieux. Il avait mis trop d'épices mais cela ne les empêcha pas de l'adorer, alors que je faisais toujours attention à ne pas trop poivrer mes préparations. Sam détestait les plats pimentés et Charlotte se plaignait de tout. Or, en un rien de temps, il ne resta plus une goutte de potage dans leurs assiettes. Ce fut pareil pour la pizza. Je n'avais pas faim. Et j'étais passablement ivre.

— Qu'est-ce que tu as, maman ? Tu es malade ? demanda Sam en échangeant un coup d'œil complice avec le cinglé qui nous avait concocté le repas.

Le doux, le gentil Peter. Ou plutôt l'homme élégant que j'avais jadis connu sous le nom de Peter. Et qui s'en était allé pour toujours. Ou n'était-ce pas moi qui délirais ?

— Je suis un peu fatiguée, expliquai-je à mon petit garçon.

— Qu'est-ce que tu bois ? voulut savoir Sam, intrigué.

— Du thé, répondis-je d'une voix pâteuse d'alcoolique.

— Ce thé sent le whisky, commenta Charlotte en débarrassant la table avec son frère et notre hôte.

Je n'avais jamais obtenu son aide, à moins de la menacer de représailles sanglantes, et il avait suffi d'une chemise transparente et d'un pantalon vert fluorescent pour la transformer en une parfaite petite ménagère.

— Votre maman a eu une rude journée. Elle est

épuisée. Ce soir, je la mettrai au lit tôt, expliqua Peter, alias Paul, aux enfants qui ne soufflèrent mot.

Incroyable ! Charlotte, qui se muait en mégère chaque fois que Peter et moi osions aller au cinéma ou au restaurant, restait d'un calme olympien en apprenant son intention de me mettre au lit. Des extraterrestres ! Des êtres venus d'ailleurs avaient pris possession de ma famille et de Peter. Je ne tarderais sans doute pas à succomber moi aussi à leurs sombres maléfices.

Sam et Charlotte aidèrent Peter à rincer les assiettes avant de les empiler dans le lave-vaisselle. Ensuite, ils retournèrent à leurs devoirs, non sans m'avoir souhaité un prompt rétablissement. Aucun d'eux ne paraissait inquiet des changements survenus chez Peter. Au contraire, ils appréciaient sa nouvelle allure.

— Qu'est-ce que tu as mis dans leur soupe ? Du LSD ? Ils sont devenus aussi cinglés que toi.

— Je t'avais dit qu'ils m'aimeraient. Plus que lui. Lorsqu'on leur témoigne une sincère affection, les enfants le sentent.

Ce disant, il ouvrit le freezer et en sortit une bouteille de champagne que je conservais au frais pour une occasion spéciale. Pas pour la partager avec un dingue en pantalon fluo.

— Qu'est-ce...

Le bouchon, qui sauta, me coupa la parole.

— Quelques bulles avant de nous coucher nous remonteront le moral, dit-il, un malicieux sourire aux lèvres.

— *Nous* coucher ? Ici ? Maintenant ? hurlai-je, et tant pis si Sam et Charlotte m'entendaient.

Il ne manquait plus que j'aille au lit avec ce type, sous le même toit que mes enfants. Je lui avais déjà mis les points sur les *i*, et Peter partageait mon point de vue.

— Peter, tu ne peux pas dormir dans mon lit, et tu le sais. Malgré cette tenue. C'est impossible.

— Calme-toi. Je dormirai dans la chambre d'amis. Asseyons-nous et bavardons un moment. Tu as besoin de te détendre, Steph. Tu es trop crispée, ma puce. Peter n'aimerait pas te savoir stressée. Il m'a donné l'ordre de veiller à ton bonheur.

Mon bonheur s'était évanoui. De ma vie je ne m'étais sentie aussi nerveuse, aussi angoissée, aussi désorientée. Le dénommé Paul m'avait mise sens dessus dessous.

— Alors vous êtes fous tous les deux... Toi et Peter...

J'ignore si le bourbon altérait ma pensée mais le personnage était si convaincant que je commençais à le distinguer de Peter, comme une autre personne.

— Comment pouvez-vous me faire ça ?

En une soirée, il avait chamboulé mon existence. Le pire, c'est que mes propres enfants s'en moquaient. Et Dieu seul savait ce qu'ils diraient à leur père lorsqu'ils le reverraient. Que maman avait un petit ami qui s'habillait comme un chanteur de rock et qui descendait des litres de bourbon ? Avec un tel témoignage, Roger pourrait me retirer la garde des enfants. A cette pensée, la panique me submergea. Je me remis à pleurer. Il m'offrit d'autorité une coupe de champagne et, peu après, m'emmena vers ma chambre.

— Est-ce que tu as de l'huile ?

— Pourquoi ? Tu veux la boire aussi ?

En attendant, il savourait mon meilleur champagne.

— De l'huile de bain, rectifia-t-il. Pour te faire un massage.

Il m'entraîna dans ma chambre, entra derrière moi, referma la porte et donna un tour de clé dans la serrure.

— Ecoute, mon vieux ! Tu vas retirer ces vêtements et redevenir ce que tu es réellement. C'est ça ou tu quittes cette maison, Peter.

— Paul, mon amour ! Paul Klone. Et... oui, je vais retirer mes vêtements, mais pas tout de suite. On a dit qu'il ne fallait pas choquer les enfants, n'est-ce pas ?

J'avais fini ma coupe. Sans même m'en rendre compte, je me retrouvai allongée sur mon lit. En un tournemain, il ôta mes vêtements, puis fonça dans la salle de bains, d'où il reparut brandissant triomphalement une lotion pour le corps que j'avais achetée à Paris.

— Voilà qui est parfait, déclara-t-il en avalant une longue rasade de champagne à même la bouteille. As-tu des bougies ?

— Pourquoi ? m'enquis-je, en proie à la panique. Que veux-tu en faire ?

— Les allumer, chérie. La douce lumière des chandelles a un effet calmant. Tu verras.

— Rien ne pourra me calmer si tu n'arrêtes pas cette farce sinistre.

Oh si, je me calmerai sûrement quand on m'aura passé la camisole de force.

— Chut... relax...

Il baissa l'intensité des lumières. Sans me donner le temps de réagir, il se mit à me masser le dos avec la lotion. Sous ses doigts, mes muscles se décrispaient. Mon angoisse disparaissait. Ma migraine s'estompait. Et une demi-heure plus tard, quand les enfants réapparurent, j'étais assise en robe de chambre devant la télévision, un rien somnolente, exactement comme ils avaient l'habitude de me voir avant ma rencontre avec Peter.

— Tu te sens mieux, maman ?

Je fis oui de la tête, puis Charlotte pria Peter, ou Paul, de l'aider à résoudre ses exercices d'algèbre. Ils disparurent pendant plus d'une heure. La situation revenait à la normale, pensai-je, soulagée. Peu à peu, alors qu'il travaillait avec Charlotte, Peter redevenait lui-même. Du moins je l'espérais. D'ailleurs, elle le remercia avec une politesse exquise, puis retourna dans sa chambre.

A dix heures et demie, mes deux enfants dormaient à poings fermés. Peter, assis dans ma chambre, me regardait avec un sourire tendre. Et peu après, il ôta sa chemise.

— Non, je t'en prie. Et si les enfants se réveillaient ? Franchement, Peter, tu ne peux pas dormir ici.

De nouveau, des larmes me montaient aux yeux, alors que je l'implorais.

— Je leur ai expliqué que je faisais faire des travaux dans mon appartement et que tu m'avais gentiment proposé la chambre d'amis. Ils ont très bien pris la chose. Il n'y a aucun problème, ma chérie. Sam m'a même offert de partager sa chambre.

— Mais qu'est-ce qui nous arrive ? Qu'est-ce qui t'arrive ?

Quoi que ce fût, cela fonctionnait. C'était la première fois que Charlotte se montrait si amicale à l'égard de Peter. J'ignore comment cette récente amitié s'était épanouie. Mais il avait conquis mon fils et ma fille en leur préparant un repas, fagoté comme l'as de pique, et en adoptant un comportement de sauvage. Et il allait emménager dans ma chambre d'amis, ce qui semblait ne déranger personne. Au contraire, un tel projet leur paraissait tout à fait normal.

Il ferma tranquillement la porte à clé, puis retira son affreux pantalon vert. J'avais presque reconnu Peter jusqu'à ce que j'aperçoive son slip. Lamé or. Le mot « slip » ne correspondait pas exactement à l'espèce de feuille de vigne dorée qui dissimulait très peu de chose de son anatomie.

J'éclatai de rire.

— Mon Dieu ! Qu'est-ce que c'est que ça ?

Ah, il l'avait soignée, sa mise en scène. D'une certaine façon, un tel perfectionnisme suscitait mon admiration. Timbré peut-être mais drôle, finalement... et si créatif...

— Un string, expliqua-t-il.

Mon hilarité redoubla. Je me roulai sur le lit. Je ne sais si le string y était pour quelque chose, ou si c'était le mélange de bourbon et de champagne, mais soudain, la situation m'amusait au plus haut point.

— Tu es incroyable ! dis-je, riant aux larmes. Tu as un sens de l'humour plutôt particulier. Et moi qui te prenais pour un conservateur ! Tu es vraiment étonnant !

Il fit glisser le string le long de ses jambes, et le jeta en l'air. Je le trouvai irrésistible. Alors, il me déshabilla, m'offrit une dernière coupe de champagne, et entreprit de me prouver qu'il était bien l'homme que je connaissais et que j'aimais.

Il se montra plus romantique, plus aimant, plus sensuel que jamais. Il me prodigua des caresses qui n'existaient que dans les traités de sexualité ou dans les rêves. Comme si le jeu que nous nous étions joué toute la soirée avait libéré en lui sa nature la plus primitive, ses instincts les plus sauvages. Et plus tard, tandis que nous reposions, enlacés, je me sentis moi aussi libérée de toutes mes anciennes inhibitions.

— Comment t'appelles-tu déjà ? le taquinai-je d'une voix ensommeillée.

— Paul, murmura-t-il.

Le téléphone interrompit notre baiser.

— Je t'aime, chuchotai-je, puis je décrochai vite, afin que les sonneries ne réveillent pas les enfants.

Il était une heure du matin.

— Alors ? As-tu aimé ma surprise ? dit une voix familière dans l'écouteur.

Désarçonnée, je jetai un regard autour de moi. Peter ? Mais cela n'était pas possible ! Peter se trouvait à mes côtés, et laissait errer un doigt paresseux le long de mon dos.

— J'espère qu'il se tient bien, poursuivit mon correspondant. Ne l'autorise pas à devenir trop hardi, Steph, j'en serais jaloux.

Mes yeux s'ouvrirent en grand.

J'avais l'impression de vivre une séquence d'*Au-delà du réel*. Je me tournai : Peter était toujours là. Mais la voix au téléphone était également la sienne. Une voix absolument identique. A moins que ce fût un enregistrement... Mais non. Impossible.

— Qui... qui est à l'appareil ? réussis-je à demander.

— Peter. Est-ce que Klone est avec toi ?

Mon regard se posa alors sur Paul. Et je sus la vérité. Peter m'appelait réellement de Californie. Et Paul Klone se prélassait dans mon lit après m'avoir fait l'amour comme jamais personne ne me l'avait fait. Il avait donc eu raison de répéter toute la soirée qu'il n'était pas Peter. Mais, alors, qui était-il ?

La chambre se mit à tournoyer.

Incapable d'en supporter plus, je fermai les paupières et m'évanouis.

5

Le lendemain matin, quand je me réveillai, je compris avec une absolue certitude que des êtres venus d'une autre galaxie s'étaient bel et bien emparés de ma maison. Pendu au téléphone, Paul passait commande : cinq kilos de caviar, une caisse de Cristal de Roederer, une autre de château-yquem. Et à peine avais-je ouvert les yeux qu'il entrait en trombe dans la chambre, disant que la journée s'annonçait magnifique.

Je n'étais pas en état de discuter.

Je me traînai hors du lit, terrassée par la plus affreuse gueule de bois de toute mon existence. Le mélange de bourbon et de champagne, sans doute. Tandis que je me tenais sous le jet de la douche, nauséeuse et frissonnante, en m'efforçant de résumer les événements de la veille, Paul pénétra dans la salle de bains, une coupe de champagne à la main et se proposa de me frotter le dos. Je refusai, ne sachant plus où j'en étais. Je me demandai si ce jour-là, au lieu de me raser les jambes, je ne ferais pas mieux de m'ouvrir les veines.

Je nageais dans un océan d'incompréhension. Que s'était-il passé ? Peter m'avait bien appelée de Californie, la veille. Oui, mais ne se définissait-il pas lui-même comme un spécialiste de la haute technologie ? Il avait dû effectuer l'enregistrement avant son prétendu départ et à présent, assis sur le tabouret de ma salle de bains, il buvait du champagne de bon matin en jouant le rôle d'un autre. Cette histoire de clone un peu tirée par les cheveux lui permettait en fait d'envoyer promener ses tabous sexuels. Apparemment, il lui suffisait d'endosser un costume loufoque pour être débarrassé de tous ses complexes de culpabilité. Sa névrose l'incitait à se cacher derrière un masque, à seule fin de vivre à fond ses fantasmes érotiques. C'était plutôt tordu, mais il n'y avait aucune autre explication. La veille je l'avais effectivement cru mais aujourd'hui, à la lumière du jour, alors qu'il me parlait, vêtu d'une simple serviette de bain autour des reins, il m'était facile de reconnaître mon Peter, même s'il prétendait s'appeler Paul.

— Tu te sens mieux ? s'enquit-il.

Je sortis de la douche en souriant sous cape. Cette fois-ci, je ne me laisserais pas avoir. S'il avait envie de jouer, j'étais parfaitement capable de lui donner la réplique.

Je l'embrassai, pris une petite gorgée de son champagne, saisis le sèche-cheveux.

— Beaucoup mieux, merci. Ce que je me suis amusée hier soir !

— Sauf quand Peter a téléphoné et que tu as perdu connaissance. J'en suis désolé. J'avoue qu'au début cela peut paraître déroutant, mais quand on y réfléchit, c'est une excellente solution. Peter, qui voyage beaucoup, n'aime pas te laisser seule. Il leur a fallu plus de trois ans pour me créer, tu sais, et encore un an et demi pour gommer toutes les imperfections...

A l'évidence, nous allions jouer aujourd'hui encore à « Paul et Stephanie », comme si Peter était toujours absent.

— Quel est ton programme ? voulut-il savoir. Une fois que nous aurons emmené les enfants à l'école ?

— Tu ne dois pas aller travailler ? demandai-je, dans l'espoir d'un repos bien mérité.

— On verra... Je crois que Peter n'apprécie pas mes apparitions au bureau. Toutefois, j'y fais un saut de temps en temps. Mais pour aujourd'hui, j'ai d'autres plans en tête... Prendre ma journée et... pourquoi pas... rester au lit ?

Il me regarda avec un large sourire, vida sa coupe et la lança à travers la pièce. Le bruit de verre brisé me fit frémir. Mais la perte d'une coupe en baccarat ne représentait qu'un maigre tribut aux caprices de son imagination fertile.

— Il y a une exposition au Metropolitan Museum que je voudrais... je veux dire, après...

De mieux en mieux ! Je n'arrivais plus à lui parler sans bégayer ! Et sans rougir. Il se pencha, effleura mon sein d'un baiser.

— Peter, non !

— Paul, corrigea-t-il dans un murmure.

Va pour Paul. Avec un soupir, je m'arrachai à lui pour m'habiller. Ainsi, le jeu se prolongeait. Et il commençait à m'intriguer. Je n'osais imaginer ce qui suivrait : cuir, chaînes, fouet, menottes et autres

104

équipements spéciaux. A toutes fins utiles, dans le but de contrecarrer les fantasmes insensés de mon compagnon, j'enfilai un vieux sweater gris sur un jean élimé. Des espadrilles aux pieds, je pénétrai dans la cuisine. Peter, alias Paul, s'était remis à passer des coups de fil.

J'avais préparé des gaufres et des œufs aux bacon pour tous, y compris pour notre « invité ». Sam avait déjà englouti sa part quand Charlotte, qui était en retard comme toujours, apparut dans une jupe trop courte, se dandinant sur mes escarpins à hauts talons. Elle portait autour du cou un médaillon qui ressemblait à un stop routier et qui, en fait, arborait le mot SEXY. Je la renvoyai dans sa chambre troquer les escarpins contre ses Adidas coutumières.

Elle revint peu après, plus pressée que jamais. Après un coup d'œil méprisant au bacon, qu'elle classait dans la catégorie des aliments à haute teneur en cholestérol, elle daigna grignoter une demi-gaufre. Je me plongeai dans la lecture de mon journal. Aujourd'hui, ce n'était pas mon tour de conduire le minibus de ramassage scolaire. Nous nous relayions avec d'autres mères de famille et celle à qui cette tâche ingrate incombait ce matin n'était pas encore arrivée. Or, tandis que j'étudiais les cotations boursières, une sensation bizarre m'assaillit, comme si une présence quasi surnaturelle se trouvait dans la pièce. Incapable de résister aux forces magnétiques qui m'enveloppaient, je levai les yeux... sur une apparition qui défiait toute description. Sam lui-même en resta bouche bée, réduit au silence, alors que Charlotte, stupéfaite, murmurait un respectueux :

— C'est trop cool !

Klone, comme il se plaisait à s'appeler, sanglé dans une combinaison scintillante à motifs léopard et un T-shirt moulant rose électrique, assorti à ses chaussures, venait de franchir le seuil. Des lunettes noires masquaient son regard, un lourd collier d'or ornait sa poitrine, d'énormes diamants étincelaient à ses doigts. En passant dans un rayon de soleil, il parut sur le point d'exploser en une nuée de particules de lumière ou en un kaléidoscope de couleurs vives. Il se laissa tomber sur une chaise.

— Vous avez vu comme le soleil brille ? nous fit-il remarquer.

Dans un premier temps, je ne pus parler. J'avais du mal à m'arracher à la contemplation de sa nouvelle tenue ; elle dépassait l'imagination la plus délirante.

— Je crois que c'est toi qui brilles de mille feux, finis-je par répondre.

En même temps, je me demandai si les pantalons kaki et la classique chemise bleu marine n'avaient pas été une ruse. Si le vrai Peter ne se trouvait pas là, sous mes yeux. Et si, au début, il n'avait pas eu recours à des vêtements élégants à seule fin de m'induire en erreur. Alors, vrai ou faux ? Jeu ou réalité ? Dans les deux cas, c'était malsain, et j'en avais conscience.

— Rien de spécial dans le journal ? demanda-t-il, de fort bonne humeur, en se servant abondamment d'œufs au bacon et de gaufres qu'il arrosa d'un demi-litre de sirop d'érable sous le regard tour à tour joyeux et fasciné de Sam.

— Non, mais tu pourrais peut-être jeter un coup d'œil à la rubrique mode ? répondis-je.

Là-dessus, Sam le prévint qu'une telle quantité de sucre allait à coup sûr lui gâter les dents.

— Je déteste le dentiste, déclara Paul amicalement. Pas toi ?

— Oh si ! convint mon fils. Notre dentiste est très méchant. Il m'oblige à utiliser du dentifrice au fluor et me fait des piqûres.

— Dans ce cas, il ne faut plus y retourner, Sam. La vie est trop courte pour ne pas en profiter.

Agacée, je posai mon journal.

— La vie est trop longue pour vivre sans dents ! lui repartis-je sèchement.

Charlotte, pleine d'admiration, lui demanda alors où il avait déniché sa tenue.

— Chez Versace, Charlie. Je ne porte que les modèles de ce grand créateur. Elle te plaît ?

— Elle en est folle, répondis-je à sa place.

Heureusement, le portier nous appela à l'interphone. Le bus de ramassage scolaire était en bas, annonça-t-il. Je fis vite partir mes chères têtes blondes. La porte refermée, je me tournai vers celui que d'ores et déjà je considérais comme l'incarnation du mal.

— Dis donc, qu'est-ce que tu cherches au juste ? A déclencher une révolution ? Ce ne sont que des enfants. Ils ne savent pas que tu plaisantes... Et... bon sang, Peter, cette tenue...

Je laissai ma phrase en suspens faute de vocabulaire adéquat. Charlotte, qui avait déjà des goûts vestimentaires douteux, n'allait pas tarder à imiter son idole.

107

— Qu'est-ce qu'elle a, ma tenue ? Elle est fabuleuse, non ?

Un soupir m'échappa. Je ne savais plus comment réagir. De nouveau, il avait pris cet air de petit garçon vulnérable qui me faisait fondre.

— Oui, elle est fabuleuse, lui concédai-je.

Nom d'un chien, après tout, pourquoi ne pas se laisser aller ? Il m'amusait, il était un amant exceptionnel, et les enfants étaient en route pour l'école. Quel mal y avait-il à marcher dans son jeu ? Cela durerait encore un jour ou deux, et quand il en aurait assez, force lui serait de retrouver ses pantalons kaki et ses chaussures Gucci. Quant à moi, la nostalgie de l'époque où Charlotte le traitait de vieux ringard n'avait fait que croître. Je le préférais, décidément, en vêtements traditionnels plutôt qu'en combinaison léopard.

Perdue dans mes pensées, je le sentis qui me tirait par la main.

— Viens, Steph, susurra-t-il, un malicieux sourire aux lèvres. Retournons au lit.

— Impossible. J'ai à faire. Et je n'ai pas fini mon journal.

Je me permets de vous rappeler que, depuis le départ de Roger, je m'étais juré de me maquiller tous les jours et de lire le journal d'un bout à l'autre.

— Le journal ! Un ramassis d'horreurs ! Des gens qui tuent. Des gens qui meurent. Des voyous qui cambriolent des maisons ou qui braquent des banques. Et des valeurs boursières qui montent et qui descendent comme un yoyo. Aucun intérêt !

— Cela dépend pour qui.

Je me retins de rire. Il avait l'air d'un ridicule

achevé dans sa tenue léopard ! Surtout avec le collier en or autour du cou.

— Mais si je ne m'abuse, les hauts et les bas de la Bourse te passionnaient, repris-je, à moins que ton petit jeu ne te soit monté à la tête. Tu ne peux pas cesser de t'intéresser au monde extérieur sous prétexte que tu m'as fait une farce. Le déguisement est une chose... le reste en est une autre.

— Ouais... c'est vrai...

Pas très convaincu par ma brillante démonstration, il me souleva dans ses bras comme une poupée et se dirigea vers ma chambre. J'avais fait le lit mais il tira la courtepointe, d'une main, d'un geste ample, ses bagues lançant des éclairs, avant de me poser amoureusement au milieu des draps. Sans l'ombre d'une hésitation, il se mit à se dévêtir. Sa combinaison dissimulait une fermeture Eclair invisible et, en moins d'une seconde, le tissu élastique forma une mare satinée sur le tapis. Il resta en string de satin, léopard également, T-shirt rose électrique et chaussures assorties.

— Maintenant, je veux tout savoir des fluctuations des valeurs boursières, dit-il.

Il ôta ses chaussures et le T-shirt et se glissa près de moi dans le grand lit.

— Mais l'exposition du Met... commençai-je, le souffle court, tandis qu'il me déshabillait.

Lorsqu'il m'embrassa, je sentis fondre en moi toute résistance.

— On ne devrait pas... murmurai-je faiblement.

Nous étions en plein jour, j'avais deux enfants. Pourquoi diable me trouvais-je au lit avec un monsieur presque nu, tandis que mes enfants étudiaient sur les bancs de l'école ? Pourtant, quand le string s'envola en même temps que mes vêtements et mes dessous de dentelle rose, mes objections se volatilisèrent.

Ce corps athlétique et sensuel qui se pressait contre le mien m'étourdissait et, peu après, je gisais sur le lit, noyée de désir, quand il me murmura à l'oreille :

— Je voudrais te montrer quelque chose.

Il avait la voix rauque, signe que son désir, comme le mien, était à son paroxysme.

J'aurais dû me méfier, me tenir sur mes gardes, depuis le début, à Paris, mais c'était trop tard. Je lui appartenais. Nous ne faisions plus qu'un. Nous n'étions plus qu'un seul corps que la vague ardente de notre passion roulait vers le large, de plus en plus loin, encore et encore... Et l'instant suivant, nos deux corps enlacés s'élevèrent en lévitation, si vite que l'air quitta brusquement mes poumons et puis, magiquement, tandis que nous flottions dans les airs, il exécuta une sorte de pirouette gracieuse, après quoi nous retombâmes sur le sol en douceur. Comment s'y était-il pris ? Comment avait-il réussi cette prouesse sans qu'aucun de nous ne soit blessé ? Je n'aurais pas su le dire. Mais il riait de contentement, et il me communiqua son hilarité.

— Et voilà, Steph, cela s'appelle un double saut périlleux. C'est ma spécialité... Tu as aimé ?

— J'ai adoré.

J'étais aux anges. Je n'avais même pas remarqué que, pendant la manœuvre, son string s'était accroché à mon oreille gauche.

— Une fois, j'ai pu en faire un triple. Mais je ne

110

voulais pas te mettre en danger. Il faut commencer doucement. S'exercer. Et quand on sera parvenus au triple, essayer un quadruple... Ce sont de petites choses qui ajoutent du piment à une relation entre deux êtres, tu ne trouves pas ?

— Oh, si !

Ma surprise n'avait d'égal que mon ravissement. Il me souleva gentiment, me posa sur le lit, et réessaya... A un moment donné, en début d'après-midi, je crois, nous réussîmes un triple saut périlleux. J'avais raté l'exposition des grands maîtres de la peinture au Met mais je m'en moquais. Je flottais en plein nirvana, suspendue dans un univers qu'il avait créé pour moi, et il jouait de mon corps comme d'un Stradivarius, ou d'un autre instrument précieux et délicat. Lorsque, enfin, nous sombrâmes ensemble dans la baignoire remplie d'eau moussante et parfumée, je gardai les yeux clos, rêveuse. Je me sentais si délicieusement épuisée, si repue, si aimée, que je n'entendis pas le téléphone sonner. Et quand finalement les sonneries pénétrèrent les brumes de mon esprit, je n'ébauchai pas le moindre mouvement.

— Steph, mon amour, tu devrais répondre. Ce sont peut-être les enfants.

— Quels enfants ?

— Les tiens.

Je décrochai d'une main indolente. C'est tout juste si je me rappelais leurs noms ou même le mien. Il avait tissé autour de moi un puissant sortilège. Je ne pensais plus qu'à lui. Et au triple saut périlleux...

— Bonjour, chérie !

La voix familière jaillit dans l'écouteur, énergique, vivante. Je frissonnai. Je fixai Peter, allongé dans la

baignoire en face de moi. Mais comment faisait-il ?
S'il s'agissait d'un enregistrement, il ne pouvait
mieux tomber. Le jeu se poursuivait au téléphone
mais dans une seconde, il serait pris à son propre
piège. Le matin même, je m'étais dit qu'il se
débrouillait pour avoir une conversation ordinaire
avec moi, sorte de questions-réponses prévisibles, de
manière que je ne puisse pas me douter qu'il y avait
une machine et pas une personne réelle à l'autre
bout du fil. Avec un large sourire, je fis semblant de
marcher dans la combine.

— Salut, Peter.

— Comment vas-tu, Steph ?

J'aurais dû répondre « bien » ou une banalité du
même genre.

— Mmm, très sensuellement, répondis-je, exprès.

— Qu'est-ce que ça veut dire ? demanda-t-il.

Une phrase passe-partout, naturellement.

— Ça veut dire que je me prélasse dans ma baignoire. Nous avons fait l'amour tout l'après-midi,
Paul et moi.

Le silence qui suivit m'arracha un sourire. Il avait
dû laisser un espace vide sur la bande enregistreuse,
ce qui était très intelligent de sa part.

— Il est bionique, Steph. Il n'est pas réel... Il est
entièrement synthétique de la tête aux pieds et il ne
pense pas un mot de ce qu'il dit. D'ailleurs, tous ses
gestes sont une simple performance mécanique.

Je commençais à flancher, mais, d'un autre côté,
il aurait pu anticiper ma réaction.

— J'ai beaucoup apprécié son triple saut
périlleux.

Essaie donc de trouver une réplique standard à

cette déclaration, mon vieux ! Ce genre de dialogue avait certainement échappé aux prévisions de Peter au moment où il avait effectué l'enregistrement.

— Il n'était pas supposé aller aussi loin, Steph. Il devait juste t'amuser jusqu'à mon retour. Nous l'avons programmé à cet effet. Apparemment, il n'est plus sous contrôle.

Il semblait inquiet. Je souris. Je lui avais renvoyé la balle.

— Ça non, alors ! Je dirais même qu'il est totalement hors de contrôle.

— Tu veux me rendre jaloux, Steph ? Mais qu'est-ce que tu crois ? Qu'il est vrai ?

Du bout des orteils, je recherchai subrepticement, sous l'eau, la partie la plus impressionnante de son anatomie, puis j'acquiesçai, un sourire espiègle aux lèvres.

— Plus vrai que nature.

— Eh bien, tu te trompes. Sa programmation comporte entre autres ce petit numéro ridicule, mais je lui ai bien dit de s'en abstenir. Il pourrait blesser quelqu'un... Par ailleurs, il était hors de question qu'il l'essaie avec toi.

Cela ne correspondait guère à la réponse standard que j'attendais. Désarçonnée, je fronçai les sourcils.

— Qu'est-ce que tu dis ?

La merveilleuse détente cédait le pas à la nervosité. Je regardai Paul, qui avait fermé innocemment les yeux, comme engourdi par le sommeil. Etait-il ventriloque ? Psychotique ? Sociopathe ? En tout cas, à l'autre bout du fil, la voix qui me répondait était tout sauf enregistrée. Elle semblait trop réelle. Trop inquiète aussi.

113

— Je dis que je lui ai ordonné de vous amuser, toi et les enfants. Sans plus. Ni double, ni triple saut, je le lui ai bien fait comprendre. Cet idiot voulait arriver au quadruple saut périlleux, lors des essais. Ecoute, Steph, si jamais il veut recommencer ce genre d'acrobatie, sauve-toi, sinon tu risques de te rompre le cou. Je suis furieux de le savoir entièrement opérationnel. Il ne devait l'être que partiellement.

Je me tassai, écrasée sous le poids d'un immense sentiment de culpabilité. C'était bel et bien Peter au téléphone, pas une bande magnétique préenregistrée.

— Peter ?... C'est toi ?

Je décochai en même temps, par pur réflexe, un coup de pied à Paul, qui sursauta et se mit à me parler en même temps. Impossible que ce soit un trucage. A moins qu'il m'ait gavée de champignons hallucinogènes sans que je m'en aperçoive.

— Bien sûr que c'est moi ! s'écria Peter dans l'écouteur, d'une voix tendue. Ecoute, Steph, tant mieux si tu es heureuse. Je voulais que tu t'amuses avec lui. Pas autant que tu le prétends, mais passons ! Puisqu'il n'est pas réel... Tu n'as qu'à le considérer comme un jouet. Une sorte de poupée masculine gonflable et douée de parole, qui te tiendra compagnie pendant mon absence.

Il s'efforçait de se montrer juste. Après tout, il n'avait qu'à ne pas lâcher son « jouet » favori dans la nature. Je portai la main à ma tempe. Une migraine me ceignait le front dans un étau, des nausées me soulevaient de nouveau l'estomac.

— Peter, je ne comprends pas. Je ne sais pas ce

qui s'est passé. Je croyais que tu m'avais fait une blague. Qu'il était toi.

— Il l'est, d'une certaine manière. Les savants de mon laboratoire m'ont cloné. Notre ami est un hybride, si on peut dire. Un clone mâtiné de bionique. J'avais envie de partager cette découverte avec toi. Il est presque parfait, à part un ou deux défauts mineurs. Bon, écoute, passe un bon moment avec lui. Emmène-le dans des réceptions. Laisse-le jouer avec les enfants...

Non mais je rêvais ! Il plaisantait ! Ou il divaguait ! A moins que ce soit moi qui aie sombré dans le délire. De toute façon, cela ne saurait tarder. Ainsi, je fréquentais « un clone mâtiné de bionique ». Peut-être allais-je me réveiller bientôt. Je me pinçai discrètement. J'étais réveillée.

— Et moi ? Tu n'as pas pensé à moi ? m'écriai-je, furieuse. Comment as-tu pu me faire ça ? C'est toi que j'aime.

— Je t'aime aussi. Et quant à lui, qui t'a dit de l'aimer ou pas ? Il est là juste pour te divertir... Ne vous amusez pas trop, quand même... Au fait, où dort-il ?

Il devait s'en douter, après mes aveux.

— Dans la chambre d'amis. Il y a dormi la nuit dernière après...

Impossible de terminer ma phrase. Je lui avais déjà décrit nos exploits sexuels, croyant avoir affaire à un enregistrement. Je m'étais fourvoyée dans une voie inextricable. J'aurais voulu rentrer sous terre.

— Eh bien, qu'il y reste. Et quant à toi, évite-le, lui et son satané double saut périlleux.

Il ne me manquait plus qu'une scène de jalousie.

Que s'était-il imaginé ? Avec un homme aussi superbe que Paul, même Mère Teresa aurait succombé à la tentation. Et pendant que j'écoutais Peter, la main de son double me frôla et je brûlai d'essayer immédiatement le quadruple saut interdit.

— Je rentre dans deux semaines.

Tout à coup, deux semaines me semblèrent trop courtes. Dieu du ciel, dans quelle galère m'étais-je embarquée ? Qui étaient ces gens ? Des clones ? Des créatures bioniques ? A quoi rimaient ces termes de « entièrement ou partiellement opérationnel » ? J'étais prisonnière d'un cauchemar de la haute technologie.

— Je t'attendrai, chéri, répondis-je faiblement. (Et alors quoi ? Paul disparaîtrait ?) Comment vas-tu ?

Inutile de demander quel temps il faisait en Californie.

— Très bien. Où est-il maintenant ?

Il n'avait pas l'air dans son assiette. Mais il n'avait qu'à ne pas m'envoyer son cher Klone.

— Euh... ici, bredouillai-je, tandis que Paul me passait un gant de toilette sur le dos, puis sur la poitrine.

— Et les enfants ?

— Ils sont à l'école. Ils ne tarderont pas à rentrer.

Malheureusement, nous n'avions pas le temps de refaire le triple saut. Je me moquais des affirmations de Peter. Je n'allais pas renoncer à Paul sous prétexte qu'il était bionique.

— Je te rappellerai, promit-il. Je t'aime, Steph.

— Moi aussi.

J'étais sincère. Le Klone m'amusait, certes, mais

116

je lui avais cédé uniquement parce que je l'avais pris pour Peter... Et maintenant, il ne me restait plus qu'à regarder la vérité en face. Bionique ou pas, nous avions passé ensemble des moments inoubliables. Qu'avait donc dit Peter ? Que je devais le considérer comme un jouet. Oui, mais quel jouet ! Je n'en avais jamais eu de tel !

— Comment va-t-il ? demanda nonchalamment Paul, toujours allongé face à moi dans la baignoire.

— Il va bien, répondis-je, distraite, songeant plutôt à la façon de retrouver la paix de mon esprit. Il t'envoie le bonjour.

— Il déteste le double saut périlleux. Je crois qu'il enrage parce qu'il ne peut pas en faire autant. Et puis il a toujours peur que cela abîme mes fusibles.

— Les miens sont abîmés en tout cas.

Je lui souris. J'avais encore peine à croire à la réalité. Pourtant, le dernier appel téléphonique de Peter, son inquiétude, sa jalousie m'avaient convaincue.

— Il a dit que tu n'es pas entièrement opérationnel, taquinai-je Paul, exactement comme j'aurais mis Sam en boîte à propos de ses devoirs scolaires.

— Oh, je l'avais oublié, dit-il, tout sourire. Le champagne agit souvent comme un catalyseur.

Et pas seulement sur lui ! Je ployais sous le poids de la culpabilité, alors qu'il ne montrait pas l'ombre d'un remords.

— Rhabillons-nous avant que les enfants rentrent de l'école, proposa-t-il d'une voix raisonnable, comme pour racheter les innombrables péchés que nous avions commis. Ils sont sympas, ces gamins.

— Peter les aime bien aussi.

Il ne parut pas s'en offusquer et, de nouveau, je le contemplai. Etait-ce la ressemblance absolue, sa capacité à imiter chaque expression, chaque geste de son créateur, on ne l'aurait jamais soupçonné de n'être pas en chair et en os.

— Comment est-ce ? demandai-je.

Je regrettai aussitôt ma question mais, comme Peter, Paul possédait un esprit brillant et rapide.

— Etre un Klone ? Pas mal... L'absence de contraintes morales vous apporte beaucoup de liberté. Peter me laisse vivre à ma guise. Lorsqu'il est là, je me repose. En son absence, je m'amuse.

Cela, je l'avais remarqué.

— As-tu déjà... euh... remplacé Peter auprès de certaines personnes ?

Je m'étais retenue pour ne pas dire « petites amies ». Dieu seul savait combien de femmes il avait comblées, et encore, en n'étant pas « totalement opérationnel ».

Il me regarda d'un air ulcéré.

— Non. Jamais. C'est la première fois que je rends visite à une femme. Récemment, ils ont rectifié ma programmation. Jusqu'ici, Peter m'utilisait pour son travail. Seuls quelques-uns de ses amis les plus proches connaissent mon existence. Et comme toi, au début, ils ont cru à une plaisanterie. Au bureau, je suis très apprécié. Depuis quelque temps, pourtant, Peter se méfie de moi. L'année dernière j'ai signé à sa place des contrats qui, selon lui, manquaient de précision. En tout cas, c'est la première fois qu'il me confie une mission auprès de quelqu'un d'aussi important.

Des larmes contenues avivaient l'éclat de ses yeux.

118

Je me sentis moi aussi prête à pleurer. Que s'était-il passé ? Qu'était-il advenu de mon idylle si romantique ? J'avais perdu mon innocence dès que Paul avait franchi le seuil de ma maison. Je l'avais dans la peau ; la force de mon désir me terrifiait. Pourtant, c'était Peter que j'aimais. Voilà au moins une chose dont j'étais encore certaine.

— Paul, c'est la première fois qu'une telle chose m'arrive, déclarai-je, au comble de l'émotion. Je ne sais quoi dire, ni quoi penser, mais...

Des sanglots incontrôlables me secouèrent. Je pleurai longuement dans les bras de Paul, qui me caressait doucement les cheveux. C'était un être attachant, même s'il était bionique.

— Ça va aller, Steph. Pour moi aussi, c'est nouveau. Nous allons nous en sortir, tu verras. Je te le promets. Il voyage beaucoup, alors...

Mes sanglots redoublèrent. Qu'allais-je devenir ? J'entretenais deux liaisons en même temps. Ou plutôt j'aimais un homme, et cela ne m'empêchait pas d'être follement attirée par un autre. Ah, il m'avait cruellement eue, Peter ! Auprès de lui, Roger avait l'allure d'un écolier. J'étais dépassée par le matériel de haute technologie. Encore deux jours plus tôt, j'aurais été incapable d'imaginer un scénario aussi échevelé. J'étais amoureuse d'un génie un peu fou et je couchais avec un clone bionique. A qui aurais-je pu raconter pareille ineptie sans passer aussitôt pour folle à lier ? On se moquerait de moi, comme de ces gens qui prétendent avoir été enlevés par des extra-terrestres dans des soucoupes volantes. Des gens tout à fait ordinaires... J'éprouvais un respect tout nouveau pour ces victimes du scepticisme universel.

— Je t'aime, Steph, murmura Paul, tandis que je pleurais à chaudes larmes, lovée dans ses bras... Et je ne crois pas me tromper. Je t'aime tellement que j'en ai mal à mes circuits. C'est ça, l'amour.

— Comment ? Où as-tu mal ?

Soudain, je voulais en savoir plus.

— Là, fit-il en indiquant sa nuque. La plupart de mes fils se croisent à cet endroit.

— Peut-être t'es-tu cogné pendant le triple saut périlleux.

— Oh, non. Je ne l'ai jamais raté. Je crois vraiment que c'est l'amour.

— Oui, moi aussi.

— Habillons-nous, dit-il, l'œil pétillant de malice. Pourquoi n'irions-nous pas dîner quelque part avec les enfants ?

Je lui souris à travers mes larmes. Il était si gentil. Et il adorait mes enfants. Parfois, il leur ressemblait, sauf pour l'habillement, Dieu merci.

J'enfilai un blue-jean, un sweater noir, des chaussures plates en daim noir. Dix minutes avant le retour des enfants de l'école, Paul émergea de la chambre d'amis. Il s'était sûrement donné du mal pour assortir ses vêtements. L'effet touchait carrément au sublime. Jodhpurs en cuir noir verni, veste en cuir rouge, verni également, chapeau de cow-boy, chemise en cotte de mailles argent, bottes argentées en croco.

— Ma tenue n'est pas trop habillée ? s'enquit-il, un rien anxieux.

Il se souciait toujours de son apparence.

— Un peu, peut-être, surtout si nous allons manger un hamburger ou une pizza.

Il faisait penser à un camion de pompiers, mais je retins mon commentaire. Pour rien au monde je n'aurais voulu lui faire de la peine. Alors, une étincelle de génie traversa ses prunelles.

— En ce cas, emmenons les enfants au 21. Peter y est connu comme le loup blanc. Nous serons accueillis comme des princes. Et Sam pourra admirer leur collection de modèles d'avions au bar.

Quelle que fût mon affection pour lui, jamais je n'aurais pu aller dans un grand restaurant en sa compagnie. D'un autre côté, comment le lui dire sans lui faire de peine ?

— Il vaut mieux, peut-être, que je prépare quelque chose ici.

— Oh, Steph ! Et moi qui voulais faire la fête avec toi...

En quel honneur ? Parce que je couchais avec deux hommes, sous prétexte qu'ils se ressemblaient ? Qu'ils étaient une seule et même personne ?

A sa manière, Paul me touchait, en dépit d'une situation qui m'angoissait terriblement. Mais en fait, il n'y était pour rien. Tout était de la faute de Peter. Pourtant, je ne leur en voulais pas. Je m'estimais victime du génie de Peter et de ses incroyables expériences, mais je ne décelais aucune malveillance derrière ces manigances. Le pauvre Peter se faisait un sang d'encre depuis qu'il savait que son alter ego bionique était en possession de toutes ses facultés et que, de surcroît, j'avais couché avec lui. Visiblement, il n'avait pas prévu que les événements prendraient cette tournure.

— Les enfants ne sortent jamais le soir pendant

la semaine, répondis-je gentiment, dans l'espoir de le convaincre.

Je craignais qu'il ne se donne en spectacle au 21.

— Tiens, on croirait entendre Peter !

Je n'eus guère le temps de riposter, car la porte d'entrée s'ouvrit, livrant passage à ma progéniture. Sam tomba en extase devant la chemise en lamé argent, tandis que Charlotte témoigna un immense intérêt aux bottes en croco et aux jodhpurs en cuir verni.

Paul leur annonça qu'il les emmenait dîner au 21. Ils poussèrent des hurlements de joie. Les bras m'en tombèrent... Cette chère Charlotte, qui n'avait cessé de le traiter de vieux ringard pendant des mois, à cause de ses pantalons kaki et de ses chaussures Gucci, le trouvait parfaitement normal maintenant qu'il s'habillait comme une enseigne au néon. Surtout depuis qu'il la laissait essayer tranquillement toutes ses bagues. Alors que si, par aventure, je mettais une jupe trop courte ou une toque en fourrure, l'hiver, quand le froid glacial menaçait de me geler les oreilles, ma chère fille jurait ses grands dieux qu'elle changerait de trottoir plutôt que de marcher dans la rue avec moi... J'ignore en quoi consiste la mentalité des jeunes de treize ans mais, visiblement, Paul l'avait comprise. Pas moi. Il était l'un des leurs. Moi, non.

Malgré mes protestations, il eut gain de cause. A dix-neuf heures trente, nous roulions dans une limousine de location vers notre destination, tandis que les enfants sirotaient des Coca-Cola sur la banquette arrière. Paul avait gardé sa tenue en cuir verni ; il avait pris un manteau de fourrure au cas où le temps fraîchirait. Je portais, quant à moi, une robe noire, d'une simplicité élégante, égayée d'un rang de perles. Il avait essayé de me convaincre de mettre quelque chose de plus voyant, de moins bon chic bon genre. J'avais catégoriquement refusé. Il avait voulu inspecter ma penderie et s'était déclaré horrifié par le classicisme outrancier de ma garde-robe. Il m'avait suggéré de tout jeter et de repartir de zéro... avec la carte de crédit de Peter, bien entendu.

— Nous irons dans les boutiques la semaine prochaine, avait-il décrété. Je t'adore, ma chérie, mais tes robes sont d'un conventionnel !

Oui. Comme les chemises de nuit en pilou que je portais du temps de Roger. Je faillis attraper un fou rire en imaginant tous mes vêtements à la poubelle ou, au mieux, à la Croix-Rouge, et la tête de Peter quand il me verrait en costume moulant léopard, comme celui de Paul. Pendant ce temps, la limousine filait vers le centre-ville. Longue comme trois pâtés de maisons, elle disposait à l'arrière, à la place du coffre, d'une baignoire munie d'une robinetterie dorée...

— Ouaouh ! s'était exclamé Sam, découvrant tous ces prodiges.

J'avais trouvé cet étalage de luxe un peu tapageur, mais Paul m'avait rassurée. Peter serait ravi de régler la note, avait-il dit. Après tout c'était possible, puisqu'il nous avait envoyé Paul à seule fin de nous amuser. Et sur ce plan, il avait jusqu'alors parfaitement réussi.

Comme toujours, j'appréciai l'excellent service du 21. Le repas fut un délice. Dès que Sam manifesta son admiration pour les petits avions suspendus au-dessus du bar, Paul grimpa sur un escabeau et en décrocha trois. Et quand un serveur se précipita, il l'accueillit d'un chaleureux : « Mettez cela sur mon compte, mon ami. » En sortant, il offrit à Charlotte un joli fourre-tout et à moi un peignoir brodé du nombre 21 sur la poitrine. Durant le dîner, plusieurs personnes étaient venues le saluer. Paul s'était montré adorable. Il promit à deux hommes de déjeuner avec eux la semaine suivante. Ils convinrent de se rencontrer à l'University Club, dont Peter était membre. Un endroit où les tenues flamboyantes de Paul provoqueraient une révolution.

Nous étions tous d'excellente humeur en rentrant à la maison. J'étais en train de border Sam dans son petit lit douillet quand Peter appela. Heureusement, j'eus le temps de décrocher avant Charlotte, qui n'aurait rien compris... Peu à peu je m'adaptais à la situation. Peter me manquait, bien sûr, mais nous étions tous dingues de Paul. Je savais ce qui m'attendait un peu plus tard. Une nouvelle nuit d'extase dans ses bras, avec triple saut périlleux, dont je ne parlerais jamais à Peter, l'instigateur du drame... ou de la comédie...

— Bonsoir, ma chérie, où étais-tu ? questionna-t-il chaleureusement.

— Au 21. Où, ma foi, nous nous sommes tous fort bien amusés.

— Tous les trois ? demanda-t-il prudemment.

— Tous les quatre. Paul a invité les enfants. Il nous a vraiment gâtés. Il a offert à Sam trois des avions qui décorent le bar et nous a acheté de beaux cadeaux à Charlotte et à moi.

— Sur mon compte, je présume, ronchonna Peter d'une voix acerbe, du fin fond de la Californie.

— Il a dit que tu étais d'accord. Tout était parfait. Y compris la limousine.

— La limousine ? murmura Peter, de plus en plus alarmé.

— Oui. Equipée d'une baignoire à l'arrière, te rends-tu compte ? Sam a trouvé cela « géant ».

— Je vois.

Une pause suivit pendant laquelle Peter essaya de se recomposer une attitude digne. Jour après jour, j'entrevoyais les avantages que le Klone nous offrait. Il m'avait fallu une énorme adaptation psychologique mais, une fois la chose admise, on ne pouvait qu'apprécier les mérites de Paul. Et des mérites, il en avait, surtout pour moi. J'avais enfin quelqu'un avec qui parler, sortir sans les enfants, me confier, une épaule sur laquelle m'épancher. Sans parler de nos exploits nocturnes. D'une certaine façon, j'avais de la chance. Je n'avais plus à affronter seule les aléas de la vie. En l'absence de Peter, Paul incarnait le parfait compagnon. Cependant, tandis que je me réjouissais des prestations de l'homme bionique, Peter commençait à mesurer l'ampleur de son erreur.

— Tu sais, je ne suis pas sûr que ce soit une bonne idée de te montrer avec lui en public. A la limite, un dîner dans un petit restaurant tranquille du West Side ou une soirée avec des amis sûrs, je veux bien. Mais le 21... tout de même. Il est tellement voyant... Et à moins qu'il ait endossé un de mes costumes...

— Je crains que non. Sauf si tu as un costume en cuir verni et une chemise lamée argent.

— Laisse-moi deviner. Un modèle de Versace ?

— Gagné. Il s'est très bien tenu à table. Le genre hôte parfait. Et cette semaine, il a pris rendez-vous à l'University Club avec quelques-uns de tes confrères. Ils sont venus le saluer et il a pensé que ce serait amusant de déjeuner avec eux.

— Pour l'amour du ciel, Steph ! Dis-lui de se décommander immédiatement et, surtout, d'éviter mes clubs. Je l'ai envoyé à New York pour toi, pas pour mettre toute la ville sens dessus dessous. S'il continue, je serai obligé de le faire réviser une fois de plus au labo.

Il s'exprimait sur un ton irrité, presque furieux, ce qui était compréhensible. Pour nous tous, la journée avait été pleine de découvertes et de révélations inattendues.

— Est-ce que ton travail avance ? demandai-je négligemment, histoire de le calmer.

A ce moment-là, Paul entra dans la cuisine où je téléphonais, en ouvrant une bouteille de champagne. Nous en avions déjà bu deux au 21. D'après lui, l'alcool ne l'affectait pas, bien que, la nuit précédente, il ait eu une perte de mémoire. Mais il prétendait qu'il pouvait boire indéfiniment sans jamais être ivre. Il semblait d'ailleurs préférer l'alcool à la nourriture. Sans doute une petite carence de son système.

— De ce côté-là, tout va bien, répondit Peter. J'ai hâte de rentrer à la maison. Tu me manques.

Il devait se sentir affreusement seul.

— Tu me manques aussi, dis-je, prenant une gor-

126

gée dans la coupe de Paul. Je suis pressée de te revoir.

Je regrettai aussitôt mes paroles. Paul me jeta un regard blessé. Je lui soufflai un baiser mais il quitta la pièce sans un mot. Jaloux, très certainement. Mais que faire ?

— Je ne tarderai pas à revenir, promit Peter. Essaie d'empêcher Paul de faire trop de bêtises. Je voudrais avoir une vie normale quand je rentrerai. Avec toi.

— Entendu.

J'aimais Peter. Je n'avais aucun doute là-dessus.

— Je te rappellerai demain soir, dit-il, plus détendu.

Quand je raccrochai, il me manquait plus que jamais. Paul m'accusa de nouveau d'être mélancolique. Il me rappela la raison pour laquelle il se trouvait chez moi.

— Pour te remonter le moral, ma chérie, expliqua-t-il affectueusement quand je le rejoignis dans ma chambre.

Les enfants étaient au lit. Il était tard. Paul mit une samba sur le lecteur de compacts.

— Oublie-le, Steph.

— Je ne peux pas... On n'oublie pas du jour au lendemain quelqu'un que l'on aime. Cela ne marche pas comme ça.

Mais il était incapable de le comprendre. Evidemment. Il avait des boulons à la place du cœur, un ordinateur en guise de cerveau. Ainsi que Peter n'avait cessé de me le rappeler, il s'agissait d'un produit fabriqué. D'une victoire de la science, comme son double saut périlleux que, cette nuit-là, il effectua à plusieurs reprises, encore et encore. A ces moments-là, Peter me semblait lointain, voire irréel, comme s'il était parti sur une autre planète. Je m'efforçais de me souvenir de lui, de croire à sa réalité, de me répéter qu'il allait bientôt revenir. Pourtant, tandis que Paul me faisait l'amour, cette nuit-là, et qu'il m'étreignait avec toute la force de sa passion, l'image de Peter, élégamment vêtu d'une chemise bleu foncé sur un pantalon kaki, pâlit, jusqu'à se diluer peu à peu dans la semi-obscurité de la chambre, où seul le Klone semblait réel à présent.

6

Les deux premières semaines avec Paul Klone se déroulèrent comme dans un rêve. J'ai du mal à l'expliquer mais de ma vie je ne m'étais autant amusée, n'avais ri autant, n'étais sortie autant, pas même avec Peter... Peter qui m'appelait régulièrement de Californie, et qui me semblait de plus en plus lointain. Chaque fois, sa première question était :

— Qu'est-ce que vous avez fait ?

Et, quelle que fût ma réponse, elle le mettait hors de lui. On avait peine à croire qu'il avait eu la brillante idée de m'expédier le Klone. Rien que le nom de Paul l'agaçait. Il paraissait constamment irrité, même si, dorénavant, je passais sous silence nos étreintes nocturnes. Mais, malgré ma discrétion, il ne connaissait que trop bien son sosie. Et, partant de là, il ne pouvait manquer de subodorer que nos relations étaient tout sauf amicales, bien qu'il ne me posât plus jamais la question directement.

Tous les soirs, Paul m'emmenait au restaurant. Ainsi, nous fîmes le tour des meilleurs établissements de la ville : du 21, bien sûr, à La Côte Basque, de La Grenouille au Lutèce... Et pour célébrer notre quadruple saut périlleux, il m'acheta un magnifique bracelet en émeraudes serties de brillants. Le bijou figurait parmi les plus beaux de Harry Winston. En même temps, Paul l'assortit d'une bague. Deux jours plus tard, il m'offrit un splendide collier d'émeraudes de chez Bulgari, « un cadeau d'amour », déclara-t-il.

— Comment le sais-tu ? le taquinai-je, tandis qu'il me passait le collier autour du cou et l'agrafait... Que tu m'aimes, je veux dire.

— Je le sais, parce que j'ai mal là. A la base de la nuque.

A ses yeux, il s'agissait d'un signe infaillible. Il attribuait le reste de ses sensations à un dysfonctionnement de ses circuits électriques qu'il se promettait de faire réparer par les savants du laboratoire dès que Peter serait de retour. Cet instant, qui arriverait inéluctablement, nous ne l'évoquions plus jamais. Nous nous plaisions à croire que tout continuerait ainsi jusqu'à la fin des temps. Et nous ne prononcions plus jamais le nom de Peter.

Quand nous ne restions pas toute la journée au lit, Paul prenait son déjeuner au club de son illustre créateur, pendant que je faisais des courses ou rendais visite à mes amies. C'était dur de mener de front ma vie personnelle et une liaison avec Paul. De plus, par pure obligation, il se rendait deux fois par semaine au bureau de Peter, afin de s'assurer que tout se passait bien. En fait, il adorait être reçu par des employés respectueux, qui immanquablement le traitaient comme le patron. Ce n'était pas rien pour un simple Klone. Il adorait présider des réunions, prendre des décisions, signer des papiers importants. Et malgré la fatigue que cela impliquait, il s'y pliait de bon cœur, parce qu'il le devait à Peter. Après tout, ce dernier l'avait créé à partir du néant, bien que, aux dires de Paul, son système concernant le travail soit défectueux. Or, après une rude journée de travail, justement, il prétendait se sentir presque humain. Il me revenait alors plus heureux que jamais.

Bizarrement, les enfants s'étaient admirablement adaptés à la nouvelle situation : « l'invité qui dort dans la chambre d'amis » ne leur posait pas le moindre problème. Charlotte elle-même, qui m'avait rendu la vie impossible avec son extrême vigilance, ne posait plus aucune question. Sans doute connaissait-elle la réponse et ne voulait-elle pas l'entendre. Je continuais, pour le principe, à faire comme si nous dormions séparément, même si Sam lui-même n'en croyait sans doute pas un mot. En tout cas, j'obligeais Paul à aller dans la chambre d'amis après nos ébats passionnés. Il était souvent quatre ou cinq heures du matin quand nous nous séparions. Il me restait à peine trois heures avant de préparer le petit déjeuner des enfants. Je manquais de sommeil, mais compte tenu des récompenses reçues à la place, j'acceptais volontiers ce sacrifice.

C'est lors d'un de ses retours dans la chambre d'amis que Paul tomba sur Sam, à cinq heures du matin. Il ne portait même pas son fameux string léopard. Il avait décidé d'effectuer le bref parcours entre nos deux chambres complètement nu. Si je l'avais remarqué, je l'aurais forcé à enfiler un peignoir, de crainte qu'il ne croise Charlotte. Naturellement, à cette heure matinale, les enfants dormaient. Et d'habitude, Paul pensait à toutes sortes de choses, sauf à se couvrir. Il faut dire que toutes les parties de son corps étaient susceptibles d'être modifiées. Apparemment, il les changeait régulièrement et cela pouvait expliquer pourquoi il n'éprouvait pas vis-à-vis de son anatomie, au demeurant admirable, la même intimité que vous et moi ressentons pour notre corps. La plupart du temps, je devais lui rappeler de se mettre quelque chose sur le dos avant de se précipiter dans la cuisine, alléché par l'odeur appétissante du petit déjeuner. Il semblait considérer sa collection de Versace comme une œuvre d'art plutôt que comme l'obligation d'être décent.

Toujours est-il qu'il tomba sur Sam à cinq heures du matin. Un mauvais rêve avait réveillé mon fils, qui s'apprêtait à venir chercher du réconfort auprès de sa maman. C'est ainsi qu'il se heurta à Paul, qui regagnait allègrement son antre. J'entendis des voix, à travers le délicieux nuage rose où il m'avait laissée. J'entrebâillai la porte. En jetant un coup d'œil dans le couloir, j'aperçus mon petit garçon, les yeux levés vers un Paul souriant et nu comme un ver.

— Si on jouait au Monopoly ? offrit Paul généreusement, tandis que Sam le regardait, ahuri.

Ils jouaient durant des heures, à la grande joie de Sam. Charlotte et moi détestions ce jeu. Sam, pour son bonheur, avait enfin trouvé quelqu'un avec qui il pouvait jouer jusqu'à plus soif, même si Paul trichait. Sam le battait quand même à plates coutures. Mais, cette fois-ci, il ne put qu'ouvrir des yeux ronds.

— A cette heure-ci ? Maman serait furieuse... Et puis, j'ai école demain.

— Alors que fais-tu là, debout ?

— Il y avait un hippopotame sous mon lit, expliqua Sam en bâillant. Il m'a réveillé.

— Je vois. Cela m'arrive aussi, parfois. Il faut laisser du sel et une demi-banane sous ton lit. Les hippopotames détestent le sel et les bananes leur font peur. Tu verras, il te laissera tranquille, acheva Paul avec autorité.

J'étais en proie à un rude débat intérieur. Intervenir ? Les laisser terminer leur conversation ? Je choisis le silence, afin que mon fils ne soupçonne pas que Paul et moi venions juste de nous quitter.

— Vraiment ? fit Sam, impressionné.

Ce rêve d'hippopotame le hantait depuis sa plus tendre enfance. D'après son pédiatre, cela passerait en grandissant.

— Maman dit que je fais des mauvais rêves quand j'ai bu trop de Coca avant d'aller au lit, reprit-il.

— Je ne crois pas, répondit Paul, songeur.

L'espace d'une seconde, j'eus peur qu'il offre à mon petit garçon un bourbon. Lui-même en avait déjà bu une dose suffisante pour remettre à flot le *Titanic*.

— As-tu faim ? s'enquit-il.

Sam fit oui de la tête.

— Moi aussi, sourit Paul. Que dirais-tu d'un salami-pickles-beurre de cacahuètes ?

Ils avaient découvert cette recette ensemble. Les yeux de Sam se mirent à briller. Entourant ses petites épaules de son bras, Paul l'entraîna vers la cuisine.

— Tu ferais mieux de mettre ton pyjama, suggéra Sam. Si maman se réveillait, elle te gronderait. Elle n'aime pas les gens qui se promènent tout nus. Même papa quand il vivait encore avec nous n'avait pas le droit de circuler s'il n'était pas habillé.

— D'accord.

Paul disparut dans sa chambre d'où il émergea une minute plus tard, drapé dans un peignoir fuchsia décoré de glands pourpres et de pompons bouton-d'or, que Versace en personne aurait eu scrupule à concevoir.

Ils disparurent du côté de la cuisine, pour se confectionner leur cher sandwich au salami. Je refermai ma porte sans bruit. Il était important que Sam puisse discuter avec un homme, même si ce dernier était bionique. Je me remis au lit, en quête d'un peu de sommeil, avant de préparer les gaufres préférées de Paul un peu plus tard. Le lendemain matin, je demandai, l'air innocent, pourquoi le pot de beurre de cacahuètes était ouvert sur le comptoir.

— Quelqu'un a eu faim, hier soir ? questionnai-je en posant une assiette de bacon entre Paul et Sam.

Charlotte, comme d'habitude, n'avait pas fini de s'habiller.

— Oui, nous, avoua Sam sans l'ombre d'une hésitation. L'hippopotame est revenu et Paul m'a fait un sandwich. Il dit qu'il faut laisser une demi-banane sous le lit. Alors, l'hippopotame, qui déteste les bananes, ne reviendra plus.

C'était la première fois que mon fils parlait sans crainte du monstre de ses songes !

— Et du sel. N'oublie pas le sel, lui rappela Paul. Il est encore plus efficace.

Sam hocha la tête, puis sourit.

— Merci, Peter, dit-il doucement.

Au lieu de lui parler de l'absurdité des cauchemars, Paul lui avait donné des instruments concrets pour combattre sa peur. Et si Sam y croyait, le stratagème fonctionnerait, j'en étais persuadée.

— Ça va marcher, tu verras, lui assura Paul.

Ce disant, il se lança dans une abracadabrante théorie selon laquelle les gaufres étaient supérieures aux pancakes, parce que leurs alvéoles étaient bourrées de vitamines — même si on ne pouvait les voir —, tandis que ces mêmes vitamines tombaient des pancakes dès qu'on les retournait. En l'écoutant, je faillis le croire. Et puis je trouvais le rire de Sam tellement rafraîchissant !

Paul faisait preuve d'une infinie patience avec les enfants. Il jouait avec eux, les emmenait au cinéma. Il alla au bowling avec Sam. Et il fit du shopping avec Charlotte. Naturellement, ils revinrent, heureux comme des rois, brandissant une minijupe en cuir verni, que je me jurai de brûler dès que Paul nous aurait quittés... Car il ne tarderait pas à s'en aller. Et à la fin de la deuxième semaine, sachant que bientôt tout serait fini, il devint très tranquille et presque triste. Je savais à quoi il pensait. Il buvait plus que de coutume et termina les caisses de champagne et de château-yquem. Mais il tint le coup. Ses subtils mécanismes lui épargnaient les gueules de bois et il était immunisé contre les maux de tête. A cause de ses excès, néanmoins, il eut un petit accident de voiture, alors qu'il conduisait la Jaguar de Peter dans la Troisième Avenue.

Ayant heurté un taxi, il était reparti, manquant de

justesse une camionnette garée devant Bloomingdale's, avant de tamponner une demi-douzaine de voitures garées le long du trottoir. La cascade s'était terminée contre un feu de circulation. Il n'y avait pas eu de blessés. Paul s'en était sorti, le pare-chocs était en accordéon, mais il avait réussi à épargner le coffre de la Jaguar, qui contenait trois de ses précieuses caisses de château-yquem. Il ne s'en sentait pas moins coupable et me fit promettre de ne rien dire à Peter. Et, par loyauté, je conservai un silence complice lorsque Peter téléphona... D'après Paul, la voiture avait de toute façon besoin d'une couche de peinture. Il trouvait la couleur argent trop commune ! Lui qui professait un goût prononcé pour les habits lamés argent décréta qu'il s'agissait d'une teinte plutôt ordinaire pour une voiture. Il la fit repeindre en jaune canari en me jurant que Peter approuverait son choix... Et, pendant qu'il y était, il demanda au garagiste de teindre les roues en rouge cerise, ce qui formait un joli contraste avec le reste.

Paul représentait un interlude plein d'extases et de frissons que je n'aurais jamais osé imaginer dans mes rêves les plus fous. Notre dernière nuit vint, hélas. Il s'allongea près de moi, trop triste pour essayer le double saut périlleux. Il se contenta de me tenir dans ses bras et de me serrer en silence. Au bout d'un moment, il m'expliqua, en soupirant, qu'il se sentirait bien isolé, tout seul dans l'entrepôt. Il ajouta que plus jamais la vie ne serait pareille et, sur ce point, je ne lui donnai pas tort. Aussi fort que Peter m'ait manqué, maintenant j'avais peine à me figurer un avenir sans Paul. Nous restâmes allongés enlacés, émus aux larmes. Et je me demandai si

Peter aurait conservé la même importance à mes yeux. En quinze jours, Paul avait réussi à changer mon esprit étroit. Il avait élargi mes horizons. Il m'avait acheté une robe courte en lamé or, avec des découpes à hauteur des seins. Il voulait que je la porte au dîner, à La Côte Basque. Je refusai. Je crois qu'inconsciemment je destinais cette robe à mes retrouvailles avec Peter. C'était tout ce que je lui avais réservé, d'ailleurs. Le reste, je l'avais généreusement partagé entre eux deux.

Le dernier matin fut une véritable épreuve, car Paul ne pouvait pas faire ses adieux aux enfants. En effet, ils auraient eu peine à comprendre qu'il y avait deux hommes dans ma vie, ou plutôt un homme et un Klone... Ils devaient penser, quand Peter arriverait dans la soirée, qu'il s'agissait d'une seule et même personne. Je préparai les gaufres favorites de Paul pour la dernière fois. Il les arrosa de bourbon, à la place du sirop d'érable.

Les minutes filaient à une vitesse hallucinante. La dernière heure sonna. Je l'aidai à ranger ses affaires, ses lamés argent et or, ses jeans en velours vert ou jaune, ses combinaisons zèbre et léopard. Et chaque tenue que je mettais dans les bagages emportait un morceau de mon cœur.

— Je n'arrive pas à te quitter, dit-il tandis que des larmes traçaient de brillants sillons sur ses joues.

Il me serra si fort contre lui que, longtemps après, je conservai sur ma peau l'empreinte de son médaillon de diamant.

— Tu reviendras, murmurai-je, luttant contre mes propres larmes. Il repartira en voyage.

— Vite, j'espère. Oh, mon Dieu, je serai si seul dans l'entrepôt, sans toi.

Il devait aller dans un laboratoire à New York cette fois. Je lui demandai si je pourrais aller lui rendre visite, mais il haussa les épaules.

— Ils vont me démonter, afin de vérifier chaque fil à l'intérieur de mon corps. Et, pour plus de facilité, ils m'ôteront la tête.

Je n'ai jamais pu m'habituer à cette image horrible.

Néanmoins, je parvins à sourire.

— Fais attention qu'ils n'aillent pas changer les parties de ton corps que je préfère.

Il esquissa un sourire. Une étincelle malicieuse dansa dans ses prunelles. Il portait un pantalon en satin fuchsia et une chemise en vinyle jaune ornée de strass. Je n'oublierai jamais cet instant.

— Ils peuvent me rebâtir en plus grand ou en plus petit... Tous les cas de figure sont permis.

— Ne change rien, Paul. Tu es parfait comme tu es.

Il opina de la tête puis, sans un mot de plus, il boucla ses valises Hermès en croco pourpre, et se dirigea lentement vers la porte de mon appartement. Sur le seuil, il se retourna pour me regarder.

— Je reviendrai, dit-il avec véhémence.

Un dernier sourire. Tous deux nous savions qu'il serait bientôt de retour. Du moins nous l'espérions. L'instant suivant il était parti. Je me retrouvai dans l'appartement vide, seule avec les images multiples de Paul et le souvenir du quadruple saut périlleux. Comment ne pas y penser ?

J'avais deux heures pour recouvrer mes esprits.

Deux heures pour oublier Paul et tourner mes pensées vers Peter. Celui-ci m'avait demandé d'aller le chercher à l'aéroport et, à présent, je ne savais pas si j'aurais ce courage. Ni si je réussirais à reprendre la vie commune avec Peter après le passage de Paul. Le Klone m'avait marquée au fer rouge. Je ne savais même plus si Peter avait encore une place dans ma vie. Deux semaines d'amour avec un Klone et je ne me reconnaissais plus.

Je pris un bain. Malgré mes efforts, mes pensées voguaient vers Paul. Je regardai une photo de Peter afin de me remémorer ses traits. Ils étaient parfaitement identiques, naturellement, mais quelque chose dans les yeux de Peter paraissait différent. Plus humain, si j'ose dire. Car Paul, me remémorai-je, n'était qu'un Klone. Une créature artificielle. Une masse de fils, de circuits électriques et de puces d'ordinateur. Bâtie par un esprit brillant, certes, mais programmée pour un certain nombre de fonctions et pas libre de ses actes. Nous nous étions amusés comme des fous, mais, en vérité, il n'était pas réel. Lentement mais sûrement, je redescendais sur terre.

Je revêtis un tailleur Dior noir, me coiffai d'un chapeau. J'examinai ensuite mon reflet dans le miroir. Je me trouvai une mine de navet, presque aussi épouvantable que du temps de Roger. Afin de me remonter le moral, j'égayai ma tenue stricte des joyaux récemment offerts par Paul : un bracelet en diamants, une broche et des boucles d'oreilles en rubis de chez Van Cleef, réglés comme toujours avec la carte American Express de Peter.

Dans la limousine de location qui traversait New York en direction de l'aéroport, j'avais encore l'impression de flotter. Paul avait essayé de me convaincre de réserver la limousine blanche avec la baignoire, mais, connaissant les goûts plus sobres de Peter, j'en avais choisi une noire, de dimensions plus modestes. Je ne crois pas que Peter aurait apprécié la baignoire que Paul, en revanche, avait testée allègrement.

L'avion avait du retard. J'arpentais le sol devant la porte de débarquement, la tête pleine d'interrogations. Que ressentirais-je quand, tout à l'heure, les panneaux vitrés coulisseraient sur Peter ? Comment l'accueillerais-je après quinze jours pendant lesquels ma vie n'avait été qu'une fête ? Et si je m'apercevais que Peter ne comptait plus ? Que seul Paul pouvait me rendre heureuse ?

Tandis que j'attendais, des passagers poussant des chariots chargés de bagages se déversèrent dans le hall. Parmi eux, j'aperçus soudain Peter. Grand, mince, les cheveux coupés court, l'air sérieux, la démarche sûre et puissante. Il portait un blazer croisé sur un pantalon gris, une chemise bleue, bien sûr, barrée d'une cravate Hermès bleu marine à minuscules pois jaune paille. J'en eus le souffle coupé. Il n'y avait plus d'imitation... Entre la copie et l'original, la question ne se posait pas. Mon cœur tressaillit quand je le vis venir vers moi. En un instant, je recouvrai ma lucidité. Rien n'avait changé entre nous. A mon grand étonnement, je l'aimais plus que jamais. C'était d'autant plus difficile à expliquer après les moments inoubliables que j'avais vécus avec le Klone. A ceci près que Peter était réel. Et que Paul ne l'était pas.

Nous tombâmes dans les bras l'un de l'autre, heureux de nous retrouver enfin.

Sur le chemin du retour, nous évoquâmes mille choses. Les enfants, son travail, la Californie. Il ne posa aucune question sur Paul, n'y fit pas allusion une seule fois. Il voulut seulement savoir pourquoi j'étais venue à l'aéroport dans une limousine louée au lieu de prendre la Jaguar. Je dus avouer que Paul avait eu un petit accident. Mais non, rien de grave, poursuivis-je. Les pompiers avaient éteint le moteur en feu presque aussitôt, et à part le pare-chocs réduit en un amas de tôles froissées, la voiture était pratiquement intacte. Le coffre s'ouvrait sans problème, les freins avaient été remplacés et... il adorerait la carrosserie jaune canari et les roues rouge cerise. Pendant mes explications, je vis un muscle se contracter sur sa mâchoire. Cependant il ne dit rien. Il avait toujours été un parfait gentleman.

Chez moi, il parut se détendre. Il avait laissé ses bagages dans la voiture, mais avait accepté de déguster avec moi une tasse d'earl grey. Il m'embrassa, et je sus que rien n'avait changé entre nous. Un baiser de Peter me faisait plus d'effet que le double, triple ou quadruple saut périlleux de Paul. En revoyant Peter, mes genoux flageolaient, mes os se liquéfiaient. J'étais toujours follement éprise de lui.

Il rentra chez lui pour se doucher et se changer. Lorsqu'il revint, le soir, les enfants le regardèrent, stupéfaits. La déception se lisait dans leurs yeux. Il portait un jean, une chemise bleu foncé, un sweater de cachemire bleu marine, des chaussures Gucci. Je fis un effort surhumain pour chasser de mon esprit Paul moulé dans ses incroyables combinaisons lamées... Paul qui devait reposer dans l'entrepôt du laboratoire, la tête séparée du corps. Bizarrement, je ne ressentis aucun remords.

Tandis que je préparais pour Peter un Martini dans la cuisine, Charlotte entra.

— Qu'est-ce qui lui est arrivé ? murmura-t-elle. Il n'avait pas eu l'air aussi bête pendant des semaines, et maintenant regarde-le.

Finalement, je le préférais sous son vrai jour. Avec son allure distinguée, ses habits élégants. Ma fille, évidemment, avait un faible pour le clinquant : les pantalons vert fluo et autres salopettes en satin fuchsia que Paul avait promis de lui prêter.

— Il est simplement fatigué, ma chérie, répondis-je. Sans doute a-t-il passé une mauvaise journée au bureau et son humeur s'en est ressentie.

— Je crois qu'il est schizophrène ! décréta-t-elle sèchement.

Je me contentai de garder le silence.

Les enfants semblèrent surpris lorsqu'il leur annonça qu'il allait regagner son appartement. Les travaux étaient terminés maintenant, et il allait libérer notre chambre d'amis. Sam le regarda tristement.

— Ah bon ? Tu ne restes plus ici ?

Peter secoua la tête.

— J'ai réemménagé chez moi ce matin, dit-il en sirotant une gorgée de Martini et en picorant les olives.

— Est-ce que c'est à cause de la mauvaise cuisine de maman ?

Sans attendre de réponse, Sam nous tourna le dos. Le cœur brisé, il partit s'enfermer dans sa chambre. Je priai pour qu'il se réadapte rapidement. Assise sur le canapé, près de Peter, je lui abandonnai ma main. Quand les enfants furent endormis, je l'entraînai dans ma chambre. Par habitude, j'allumai aussitôt les bougeoirs sur les deux tables de nuit de part et d'autre du lit. Peter leva un sourcil, alarmé.

— Ce n'est pas dangereux ?

— Mais non... regarde comme les flammes dansent.

Nos regards se croisèrent, alors. Nous pensions tous les deux la même chose. Que se passerait-il maintenant ?

— Tu es belle, Stephanie, dit-il doucement. Tu m'as beaucoup manqué, mon amour.

— Toi aussi, murmurai-je, dans la lueur ambrée des bougies.

— Vraiment ?

Ses yeux trahissaient son inquiétude.

— Vraiment, l'assurai-je. Sans toi, ici, c'était tellement différent.

Déclaration ambiguë, que je regrettai aussitôt. Mais je n'avais pas menti. Il m'avait manqué. Terriblement. En le voyant là, debout devant moi, les souvenirs heureux affluaient. Il m'attira tout doucement dans ses bras, et tandis qu'il me serrait contre lui, l'image de Paul pâlit dans ma mémoire jusqu'à s'éteindre. Etrange sensation. Incompréhensible...

Peu à peu, telles les pièces d'un puzzle qui retrouvent soudain leur juste place, les choses reprirent leur cours normal. Peter me témoigna sa douceur, son affection, sa sensualité coutumières. Il fut l'amant merveilleux que j'avais toujours connu. Sans acrobaties, contorsions ni sauts périlleux. Nous n'étions que tous les deux, seuls dans le paradis de notre passion. Longtemps après, tandis que je reposais dans ses bras, il me caressa les cheveux, puis m'embrassa.

— Mon Dieu, ce que tu m'as manqué !

— Oui, mon chéri... Tu m'as beaucoup manqué aussi.

Mais d'une certaine manière, bien que je sois incapable de l'analyser à ce moment-là, il ne fit que me donner la preuve de son amour. Il ne posa aucune question sur Paul, ni sur mes relations avec lui. Il n'avait guère envie d'avoir la confirmation de ce qu'il soupçonnait déjà. Il m'avait envoyé Paul comme d'autres vous envoient des fleurs ou des présents. Dans son esprit, c'était terminé. Dans le mien, il s'agissait d'une partie de mon existence qu'il allait falloir enterrer. Peter représentait l'amour. Il faisait partie de ma vie réelle. Pas le Klone. Et où qu'il fût à présent, Paul n'était plus qu'un mannequin sans tête, vidé de ses écheveaux de fils électriques.

— Tu étais superbe à l'aéroport, dit paisiblement Peter, dans la lueur vacillante des bougies. D'où tiens-tu tous ces rubis ? Sont-ils vrais, au fait ?

J'avais oublié de lui en parler.

— Oui. Et ils m'ont été offerts par toi, expliquai-je en posant ma tête sur son épaule. C'est-à-dire que Paul me les a achetés chez Van Cleef. Ils sont fabuleux, n'est-ce pas ?

— Chez Van Cleef ? fit Peter, déployant un effort surhumain pour dissimuler son étonnement. Et il les a payés avec ma carte de crédit ?

Je le sentis gagné par l'inquiétude.

— D'après lui, tu aurais été enchanté de m'en

faire cadeau. Merci, mon amour... (Je me blottis dans ses bras.) Je t'aime, Peter.

J'étais sincère. Et pleine de gratitude pour l'éblouissant plaisir que nous avions partagé. C'était si bon de l'avoir de nouveau à la maison...

— Moi aussi je t'aime, Steph, susurra-t-il.

Je sus alors que, où qu'il fût, avec ses tenues étonnantes et son extravagante façon de m'aimer, Paul Klone m'avait rapprochée de Peter pour de bon.

7

Les trois mois suivants, avec Peter, se déroulèrent sous le signe de la félicité. Les enfants se réhabituèrent à lui, même si, de temps à autre, ils continuaient à se demander pourquoi après deux semaines de folie et de tenues excentriques, il était redevenu sobre et s'habillait normalement. Mais ils finirent par se réaccoutumer à ses chaussures Gucci, et moi aussi.

Nous passions ensemble le plus clair de notre temps. La vie nous souriait. Nous nagions dans le bonheur. Nous sortions, allions au cinéma, au restaurant, au théâtre. Il me présenta à tous ses amis, des gens charmants. Chaque fois que Roger récupérait les enfants, Peter venait passer le week-end à la maison. Parfois, je confiais les enfants à une baby-sitter et je restais dormir chez lui d'où je partais à six heures du matin, afin de préparer le petit déjeuner de mes chers petits, souriant encore au merveilleux souvenir de ma nuit d'amour.

En dépit de ses déplacements occasionnels, de ses

146

doutes concernant un engagement plus sérieux vis-à-vis de moi, après des années d'indépendance et de solitude, je l'aimais chaque jour davantage. A l'entendre, je représentais la première liaison sérieuse qu'il avait eue depuis très longtemps. Mais il tenait à sa liberté... Sur ce point, il ne ressemblait guère à Paul, qui semblait n'avoir qu'un besoin très réduit de liberté. Mais Peter avait un passé, une véritable histoire. Ayant vécu seul pendant de nombreuses années, il avait visiblement peur de s'engager.

Pourtant, notre relation reposait sur des bases solides. L'un comme l'autre cherchions à bâtir une nouvelle existence. Dans mon esprit, mon histoire avec Peter avait acquis une profondeur, un sérieux que je n'avais encore jamais ressentis, pas même avec Roger. En fin de compte, nous menions une existence de couple normal, semée de hauts et de bas, de bouderies et de réconciliations, de rires et de larmes. Notre confiance mutuelle ne faisait que se renforcer. Bien que je l'aie soupçonné de déséquilibre mental lorsqu'il m'avait envoyé le Klone, le temps me guérissait peu à peu de mes doutes. Maintenant, je le voyais tel qu'il était. Un homme sain d'esprit... Dès lors, j'enfouis « l'intermède Paul » dans un recoin de mon subconscient. Il n'aurait été, finalement, qu'une facette de la personnalité complexe de Peter. Comme tous les hommes, il avait besoin de me prouver, et de se prouver, qu'il existait chez lui des zones d'ombre que je ne connaissais pas et que peut-être je ne connaîtrais jamais. Il aimait s'entourer de mystère... dont il se plaisait à s'imaginer qu'il me déroutait. En effet, parfois je me posais des questions à son sujet. Oh, rien de grave. Et même ses fameuses zones d'ombre ne m'effrayaient pas. Il me suffisait de penser à quel point il était doux et généreux pour que toutes mes interrogations, toutes mes suspicions fondent comme neige au soleil... D'ailleurs, il me prouvait sa gentillesse de mille et une manières.

Il se montrait toujours patient et affectueux envers mes enfants. Surtout vis-à-vis de Sam, auquel il témoignait une tendresse particulière. Avec Charlotte, il ne perdait jamais contenance. Il opposait aux sautes d'humeur et aux caprices de ma fille un mur de tolérance et de compréhension. Charlotte était parfaitement capable de lui sauter au cou un jour, et de ne plus lui adresser la parole le lendemain. Peter ne s'en offusquait pas. Et quand il m'arrivait de la gronder, il prenait toujours son parti. D'après lui, les enfants avaient toujours du mal à voir un étranger prendre la place de leur père, il fallait donc la comprendre et lui donner l'occasion de mieux le connaître et l'apprécier.

Il fut particulièrement touchant avec Sam, fin octobre. Nous allions fêter Halloween. J'avais confectionné un déguisement de Batman pour mon fils. Roger lui avait promis de l'emmener à un bal costumé. De mon côté, je m'étais engagée à accompagner Charlotte au bal de son école. Je savais quelle importance elle accordait à ma présence. La direction de l'école avait prévenu les élèves que s'il n'y avait pas assez de chaperons — quasiment un par élève —, le bal serait annulé. Lui faire faux bond, comme certains parents qui avaient refusé d'y assister, aurait représenté une trahison qu'elle ne m'aurait jamais pardonnée. Je lui avais donc promis que,

148

quoi qu'il advienne, je serais là, fidèle au poste. Naturellement, au dernier moment, Roger téléphona pour se décommander. Helena était malade, dit-il, et il ne pouvait décemment la laisser sous prétexte d'emmener Sam à une fête. J'essayai de lui faire comprendre combien c'était important pour notre petit garçon. Il ne voulut rien savoir. Le médecin soupçonnait une crise d'appendicite, Helena se sentait au plus mal. La pauvre se sentirait sûrement rejetée s'il l'abandonnait à son triste sort. Ah bon ? Et pas Sam ? Je raccrochai, en plein désarroi. Assis sur le canapé, Peter avait assisté à la conversation.

Je m'assis à mon tour, l'esprit en effervescence. Comment allais-je annoncer la mauvaise nouvelle à Sam ? Charlotte s'habillait dans sa chambre, j'étais attendue à son école. Faire marche arrière au dernier moment me reléguerait à ses yeux au rang des mères indignes. D'un autre côté, laisser Sam avec une baby-sitter à la maison, un soir d'Halloween, lui briserait le cœur.

Je me tournai vers Peter, et il vit mes yeux désespérés.

— Je parie que Roger ne peut pas se libérer ?

J'acquiesçai, au bord des larmes. Différents scénarios me passaient par la tête. Par exemple, embaucher une baby-sitter qui accompagnerait Sam à son bal costumé... Impossible. Il était trop tard pour en trouver une disponible. D'un autre côté, mon fils accordait une importance capitale à Halloween. Il lui fallait l'un de ses deux parents avec lui. En l'absence de son père, il ne restait plus que sa mère. Mais je ne pouvais pas me dédoubler. Contrairement à Peter, je ne disposais pas d'un Klone !

— Le docteur d'Helena craint une crise d'appendicite, répondis-je d'une voix lugubre. Bon sang, elle ne pouvait pas tomber malade un autre jour ?

Peter traversa la pièce dans ma direction, une lueur chaleureuse dans le regard.

— Je l'y emmène avec plaisir. S'il veut de moi, évidemment. Je n'ai rien de spécial à faire ce soir.

Il avait projeté de dîner avec des amis pendant que j'accompagnerais Charlotte à son bal. J'hésitai. J'ignorais quelle serait la réaction de Sam. Même s'il aimait bien Peter, dans son esprit de petit garçon, il fallait que ce soit son père qui l'accompagne à la fête d'Halloween... pas le petit ami de sa mère.

— Pose-lui la question, dit Peter négligemment. S'il est d'accord, je n'aurai qu'à annuler mon dîner et le tour sera joué.

C'était d'autant plus généreux de sa part que les amis avec lesquels il était censé dîner vivaient à Londres et ne resteraient pas à New York plus de quelques jours. De plus, c'était leur seule soirée libre. Mais je repoussai le sentiment de culpabilité qui m'envahissait. De toute façon je ne pouvais pas me passer de son aide. Plus que jamais, j'avais besoin de lui.

— Oui, je vais d'abord le lui demander, murmurai-je en posant sur les lèvres de Peter un baiser de gratitude. Merci, mon chéri.

« Sauvés par le gong ! » me dis-je en même temps.

J'abordai Sam avec habileté, disant que j'avais deux nouvelles à lui annoncer, une bonne et une mauvaise... Mais mon fils ne fit pas vraiment la différence. Furieux contre Roger, il déclara se ficher éperdument de l'offre de Peter. Fulminant, il attrapa son costume de Batman et le jeta par terre.

— Je n'irai pas ! se récria-t-il en se jetant sur son lit, en larmes. Papa va toujours avec moi à Halloween. Ça ne sera pas la même chose.

— Je sais, mon lapin... mais ce n'est pas sa faute si Helena est malade. Il ne peut pas sortir et la laisser. Que fera-t-il si elle doit aller à l'hôpital et qu'il n'est pas là ?

Des profondeurs de l'oreiller où il cachait son petit visage, sa voix monta, étouffée mais audible.

— Dis-lui d'appeler une ambulance.

— Pourquoi ne veux-tu pas y aller avec Peter ?

— Parce qu'il n'est pas mon père. Et pourquoi toi, tu ne viens pas ?

Il avait roulé sur le dos et me considérait, sa frimousse baignée de larmes.

— Je dois accompagner Charlotte au bal.

La porte s'ouvrit alors, et Peter franchit d'un pas précautionneux le seuil de la chambre.

— Puis-je entrer ?

Sam hocha la tête sans une parole, et Peter se dirigea vers le petit lit. Il s'assit tranquillement sur le bord, tandis que je quittais subrepticement la pièce, en priant pour qu'il trouve les mots justes.

Je ne sais plus exactement ce qui s'est passé, sinon que, plusieurs jours plus tard, Sam me raconta que le père de Peter était mort quand celui-ci avait dix ans et que sa mère avait dû travailler dur pour l'élever, lui et son frère. Ils n'avaient jamais eu personne pour les emmener où que ce soit. Mais il était devenu très proche du meilleur ami de son père. Ils allaient à la pêche ou au ski ensemble. Une fois, il emmena les deux jeunes frères camper. Peter et le copain de son père s'étaient alors liés d'une grande amitié, qui durait encore. Tous les ans, Peter allait lui rendre visite dans le Vermont, surtout depuis que le fils de cet homme, que Peter connaissait bien également, avait trouvé la mort au Vietnam.

L'histoire avait visiblement produit une vive impression sur Sam. Une demi-heure plus tard, il apparut dans ma chambre, dans son costume de Batman, Peter sur ses talons.

— On va y aller, déclara-t-il. Peter voudrait se déguiser en Robin des Bois.

Ben voyons ! Un costume de Robin des Bois, ça se fabrique en trente secondes ! Voilà les avatars de la maternité. Je me mis aussitôt au travail : je découpai deux trous dans un masque de sommeil, souvenir d'un voyage en avion, puis j'extirpai d'une malle une vieille cape en laine noire à capuchon. Peter paraissait presque crédible en Robin des Bois... malgré son pantalon de flanelle grise et ses Gucci. Mais, alors que je les regardais côte à côte, j'eus le sentiment de voir le Klone à la place de Peter... Paul aurait eu ce qu'il fallait, les collants, bien sûr, et une paire de bottes de chez Versace. Cette impression ne dura pas plus d'une seconde. Je les embrassai tous les deux, remerciai Peter, et fonçai dans ma chambre.

— Maman, tu es en retard, hurla Charlotte cinq minutes plus tard, tandis que je ressortais, coiffée et habillée, tirant sur le zip de ma robe, tout en enfilant mes escarpins.

— Pas du tout ! soufflai-je, hors d'haleine mais souriante.

— Mais si ! insista mon irascible fille. Qu'est-ce que tu fichais ?

Elle semblait m'accuser de m'être gavée de pop-corn en regardant à la télévision mon émission favorite.

— Pas grand-chose, dis-je avec modestie. J'ai juste sauvé la soirée de Sam et déguisé Peter en Robin des Bois.

— Allez, viens. Sinon nous arriverons quand il ne restera plus un seul garçon libre pour danser.

Elle me tendit d'autorité mon sac à main et mon manteau.

Dieu merci, nous arrivâmes à l'heure. Le portier héla un taxi qui passait juste alors que nous sortions de l'immeuble. A l'école, je donnai mon nom à l'entrée où je fus inscrite en tant que chaperon. Charlotte remporta un vif succès parmi les garçons des classes terminales. Elle s'amusa beaucoup et ne rata pas une seule danse. En rentrant à la maison, surprise : Sam et Peter, assis sur le canapé, bavardaient comme de vieux copains. Ils avaient déjà avalé des chocolats, des sucettes et des Kit-Kat dont les papiers glacés, argent et orange, étaient dispersés sur le tapis. Visiblement, en plus du mal à l'estomac qu'ils ne tarderaient pas à partager, un nouveau lien d'amitié s'était tissé entre Batman et Robin des Bois. Une fois de plus, la vue de Peter me fit chaud au cœur.

Lorsque Charlotte s'éclipsa, après m'avoir remerciée, je me tournai vers les deux larrons.

— C'était comment ?

— Géant ! annonça Sam fièrement. Peter et moi allons assister au match entre Princeton et Harvard.

Et puis il m'emmènera en classe de neige si papa ne peut pas y aller.

Peter me regardait par-dessus la tête de Sam. Il y avait dans ses yeux quelque chose que je n'avais encore jamais remarqué. Une expression de tendresse inouïe. Quelles que fussent ses réticences à mon égard, il n'en avait aucune en ce qui concernait Sam. Visiblement, mon petit garçon l'avait définitivement conquis, ce soir-là. Et ce regard où brillait une chaude affection, aucun laboratoire de haute technologie ne parviendrait jamais à le cloner.

Plus tard, j'allai embrasser Sam dans son lit.

— Il est formidable, Peter, dit-il en souriant.

Je ne pus que hocher la tête. Une boule m'obstruait la gorge.

— Je t'aime, Sam, murmurai-je.

— Moi aussi, je t'aime, maman, répondit-il dans un bâillement. Merci pour ce formidable Halloween.

Je rejoignis Peter au salon. Il me raconta ce que j'ignorais encore : son enfance malheureuse. Le brusque décès de son père. Puis celui de sa mère, quand il avait quatorze ans. Je n'aurais jamais deviné dans quelle solitude il avait vécu. Cela expliquait son hésitation à s'attacher. Comme s'il avait peur que, s'il venait à trop nous aimer, quelque chose arrive et qu'il nous perde. Mais, si haute que fût la muraille qu'il avait érigée autour de lui au fil des ans, l'espace d'un soir, mon petit Sam, déguisé en Batman pour Halloween, l'avait abattue.

— Je me suis bien amusé. Sam est un gosse épatant, acheva-t-il en me serrant dans ses bras.

— Il a dit la même chose de toi avant de s'endormir. Je suis d'accord avec lui. Tu as sauvé notre journée. Je ne te remercierai jamais assez.

— A votre service, dit-il, en ébauchant une révérence. Robin des Bois est un galant homme, madame.

Il m'embrassa. Ses baisers avaient un goût de chocolat et de bonbons. Et je retombai éperdument amoureuse de lui.

Je fis la connaissance du fils de Peter à Thanksgiving. Un grand garçon méfiant, aussi désagréable avec moi qu'il pouvait se le permettre, ce qui me parut d'excellent augure. Charlotte n'avait-elle pas détesté Peter au départ ? Depuis, elle en avait conclu qu'il était passablement ennuyeux mais inoffensif. Quant à Sam, il lui était très attaché, surtout après Halloween.

Début décembre, Peter déclara qu'il allait repartir en Californie pendant deux semaines, comme la fois précédente. Il n'avait pas bougé de New York depuis trois mois. J'opinai du chef, n'osant poser la question qui me brûlait les lèvres. Mais il ne dit absolument rien. Je le conduisis à l'aéroport dans la Jaguar qui avait retrouvé entre-temps sa belle couleur argent. Le jaune canari n'avait pas vu la lumière du jour. Peter avait redonné à sa voiture sa couleur initiale avant que celle-ci ressorte du garage. Eh bien, en la voyant, je ressentis un curieux pincement au cœur. Paul avait choisi la couleur avec soin, en pensant qu'elle ferait plaisir à Peter. Mais comme pour tout, ils avaient des goûts diamétralement opposés.

Peter m'embrassa avec fougue quand je le laissai à l'aéroport. Il me prodigua ses derniers conseils : ne pas rester seule, m'occuper pendant son absence, me rendre à toutes les invitations que nous avions reçues nous conviant à des réceptions à l'approche de Noël. Je hochai docilement la tête, puis repris la Jaguar. Sur le chemin du retour, je ruminais de tristes pensées. Je n'avais nulle envie d'aller à toutes ces soirées sans lui. Je regrettais presque qu'il ne m'ait pas envoyé le Klone, cette fois-ci. Il m'aurait au moins tenu compagnie... On se serait amusés... Il me manquait, lui aussi... Mais sa dernière visite avait visiblement dérangé Peter. En partant, il n'avait donc pas fait la moindre allusion à lui. Il n'en avait plus jamais parlé, étant donné que l'expérience, avouons-le, avait dégénéré.

J'étais en train de préparer le dîner des enfants quand l'interphone bourdonna. Parmi les grésillements de l'appareil, le portier annonça quelque chose d'inintelligible, après quoi le carillon de l'entrée tinta. J'envoyai Sam, qui revint à la cuisine, le visage illuminé d'un grand sourire.

— Qu'est-ce que c'est ?

Je lui avais intimé de ne pas ouvrir la porte, mais de regarder simplement par le judas.

— Devine, dit-il, le regard brillant. C'est Peter, voyons. Il est de bonne humeur. Il n'est pas parti en Californie. Comme l'autre fois.

Non ! Etait-ce possible ? Je posai la spatule sur le comptoir et me précipitai vers la porte sans ôter mon tablier. Je portais juste un vieux sweater sur un jean. J'ouvris le battant et je le vis, entouré de ses valises en croco pourpre. Paul ! C'était bien lui. Sur ses lèvres rayonnait un sourire. Il avait réussi à persuader mon portier, moyennant finances bien sûr, de le

laisser monter sans l'annoncer. Et il avait le pour-
boire généreux, je le savais.

Il portait un pantalon disco en satin, une veste en
vison et pas de chemise, seulement son médaillon de
diamants étincelant sur sa poitrine nue.

— Joyeux Noël, dit-il avant de m'embrasser avec
une passion débridée.

Il n'avait pas du tout changé durant ces trois mois.
Il aurait pu être Peter, mais je savais qu'il était Paul,
de retour du labo, ses circuits nettoyés, ses fils remplacés. Je sentis mon cœur s'envoler vers lui. Je réalisai soudain combien il m'avait manqué. Plus que je
ne l'aurais jamais admis devant Peter.

— Oh ! là ! là ! murmurai-je. Comment vas-tu ?

— Je me suis ennuyé comme un rat mort, merci.
J'ai passé trois mois sans tête. Ils me l'ont revissée
aujourd'hui. Je ne savais même pas que j'aurais le
plaisir de te revoir. Ils me l'ont dit au dernier
moment.

— Eh bien, il a dû prendre cette décision soudai-
nement, monologuai-je.

Le bonheur de le revoir me submergea, telle une
lame de fond inattendue. Les trois derniers mois
avec Peter avaient été merveilleux mais... comment
dire... Paul m'apportait un brin de fantaisie. Il portait des bottes jaunes en lézard et, lorsqu'il retira sa
fourrure, je m'aperçus qu'il portait un débardeur
transparent noir, rebrodé de paillettes.

Il serra chaleureusement les enfants dans ses bras.
Charlotte roula des yeux exaspérés au plafond.

— Alors quoi ? Te voilà de nouveau dans une
phase dingue, Peter !

Mais elle souriait. Elle l'aimait mieux en rock star

qu'en technocrate. Sam le suivit au salon, où Paul se servit un demi-verre de bourbon.

— Tu vas de nouveau rester chez nous ? s'enquit-il.

La dernière fois que « Peter » était revenu déguisé ainsi, il avait élu domicile dans notre chambre d'amis pendant quinze jours. Sam pensait que, franchement, les bottes jaunes juraient avec le reste, mais il garda cette réflexion pour lui. En pantalon kaki ou en collant de satin chartreuse, Peter restait son copain. Mes enfants s'étaient adaptés aux fluctuations d'humeur de mon compagnon en matière de goûts et de couleurs... Mais cela ne les empêchait pas de s'inquiéter pour sa santé mentale. Comme pour me le confirmer, Charlotte me prit à part dans la cuisine, où elle vint me trouver, Sam sur ses talons.

— Maman, il a besoin de calmants ou de Prozac. Un jour il est sérieux comme un pape et il joue au Scrabble avec Sam, et le lendemain il se prend pour Mick Jagger et s'habille comme Prince. Ce n'est pas normal.

— Je sais, chérie. Il subit beaucoup de pression dans son métier. Les gens expriment leur stress chacun à leur manière... Les tenues flamboyantes apaisent très certainement ses angoisses.

— Je ne suis pas sûre de le préférer ainsi, soupira Charlotte. Je m'étais habituée à le voir habillé normalement... C'est embêtant ! L'autre fois je l'ai trouvé génial. Maintenant, je le trouve un peu bête.

Elle grandissait. Ses idées changeaient. Je lui souris.

158

— Cela lui passera bientôt, ma chérie. Je te le promets.

— Espérons-le !

En haussant les épaules, elle posa le saladier sur la table. Justement, déjà attablé près de Sam, Paul le régalait d'anecdotes délirantes. Il était question de réunions au bureau où il avait rabattu le caquet à ses collaborateurs en les bombardant de coussins ou de crapauds vivants. Sam riait aux éclats. Je regardai Paul. Comme Charlotte, je m'étais habituée à Peter et, maintenant, revoir Paul m'embarrassait. Je ne savais plus si j'avais vraiment envie de deux semaines folles, deux semaines d'extase intense et de quadruples sauts périlleux. Du fond du cœur, j'en étais venue à mieux apprécier les manières plus pondérées de Peter. Du reste, au lit, ce dernier se montrait bien plus sensuel. Paul était une vraie pile d'énergie. Et il consommait plus de bourbon que l'Etat entier du Nebraska. Je n'avais plus de champagne au frais. Il réclama un dessert, mais finit par opter pour une demi-bouteille de château-yquem, vestige de son précédent séjour.

Ce soir-là, il apprit à Sam à jouer au poker. Il joua aux charades avec Charlotte. Ils le battirent tous les deux, après quoi tout le monde alla se coucher. Il leur avait expliqué qu'il avait brusquement décidé de ne pas se rendre en Californie. Et qu'il nous demandait l'hospitalité parce qu'il avait prêté son appartement à des amis londoniens de passage. Il tenait toujours à donner des explications aux enfants, auprès desquels il continuait à passer pour Peter.

Une fois dans la chambre, Sam et Charlotte endormis, je lui dis le fond de ma pensée.

— Paul, tu ne devrais pas rester ici. Ma relation avec Peter a pris un nouveau tournant, plus sérieux. Il n'appréciera pas ta présence chez moi.

— Mais c'est son idée, Steph. Je ne serais pas venu s'il ne me l'avait pas demandé. J'ai reçu un coup de fil de son bureau...

Bizarre ! Peter avait eu l'air de regretter de m'avoir envoyé cet hurluberlu en septembre.

— Il voudrait que nous restions ensemble jusqu'à son retour.

— Pourquoi ? Je peux parfaitement supporter de vivre sans homme pendant quinze jours.

Je n'étais quand même pas nymphomane. Je n'avais pas besoin de faire l'amour dix fois par jour, ni de me suspendre au lustre sous prétexte que Peter était en Californie. Du reste, j'avais mille choses à faire. M'occuper des enfants. Nettoyer la maison en vue des fêtes de Noël. Sans parler des innombrables invitations qui s'entassaient sur ma coiffeuse. Par ailleurs, j'avais commencé à chercher un emploi. J'essayai d'avoir une explication avec Paul, qui repartit dans le salon où il ouvrit une deuxième bouteille de bourbon.

— Il a probablement scrupule à te laisser toute seule en cette période de l'année, Steph. Il doit avoir une raison pour m'avoir appelé, sinon il ne l'aurait pas fait.

— Sûrement. Je lui poserai la question.

— A ta place je n'en ferais rien. Il aime bien l'idée que je sois près de toi, mais d'un autre côté, il ne veut pas en entendre parler.

Je m'en étais rendu compte, en effet.

— Il me considère comme une sorte d'ange gardien, poursuivit-il en vidant son verre de bourbon. Ou comme un ami imaginaire, si tu vois ce que je veux dire.

Tu parles !

— Paul, écoute-moi. Il n'y a rien d'imaginaire entre toi et moi. J'avais encore mal au dos deux mois après ton départ.

Le quadruple saut périlleux était plus compliqué qu'il n'en avait l'air. J'avais failli m'esquinter les vertèbres. Peter avait raison. Paul était un danger ambulant. Il m'avait fallu plusieurs séances de kinésithérapie pour récupérer mon dos.

— A qui le dis-tu ! Ils ont dû remplacer tous les fils de mon cou après la dernière fois, dit Paul, avec un sourire si éblouissant que quelque chose se mit à frissonner en moi, en dépit de mes bonnes intentions. Mais cela valait la peine. Allez, Steph, que sont deux petites semaines face à l'éternité ? C'est Noël, ma chérie. Rentrer maintenant me ferait l'effet d'un échec cuisant.

— Peut-être, mais il n'y a pas d'autre solution. Qu'attends-tu, Paul ? Je suis amoureuse de lui et tu le sais. Je ne veux pas gâcher ma vie.

— Tu ne gâches rien du tout. Je suis son Klone, pour l'amour du ciel... Je suis lui, il est moi.

— Oh, Seigneur, pitié, pas ça ! soupirai-je, submergée par ses arguments. Je n'ai pas le courage de recommencer cette histoire.

— Est-ce que tu ne t'es pas sentie plus proche de lui, la dernière fois, après mon départ ?

Il paraissait ulcéré. Surtout parce qu'il me voyait douter de ses bonnes intentions.

— Comment le sais-tu ?

C'était vrai. Mais il ne pouvait pas être au courant. Quoique...

— Steph, tout cela a été programmé à l'avance. C'est pourquoi il m'a envoyé. Peut-être pour que, grâce à moi, tu découvres une de ses facettes qu'il n'ose pas te montrer.

Je laissai errer un regard incrédule sur le pantalon chartreuse, le T-shirt miroitant de strass. L'explication me semblait un peu dure à avaler. Peter ne me cachait rien. Il s'agissait plutôt d'une expérience scientifique extraordinaire. Mais tel le monstre de Frankenstein, la créature avait échappé au contrôle de son créateur. Et moi, je n'avais plus le désir de vivre ce fantasme démentiel. Si toutefois c'était *mon* fantasme, et pas celui de Peter...

Mais Paul insistait, malgré mes réticences.

— Laisse-moi au moins passer la nuit ici. Il n'y aura ni triple, ni quadruple saut périlleux. Rien. Nous resterons allongés côte à côte, à bavarder comme de vieux copains. Je partirai demain matin, c'est promis.

— Et où iras-tu ?

— A l'entrepôt... Pour me faire dévisser la tête.

Le pauvre ! Quel épouvantable Noël il passerait ! Il méritait de s'amuser un peu avant de se retrouver enfermé dans un quelconque hangar, démantibulé. Il y était resté depuis septembre, en attendant que Peter reparte pour la Californie.

— Bon, d'accord. Juste une nuit. Et pas de bêtises, hein ? Va mettre un des pyjamas de Peter.

— Quelle horreur ! Je parie qu'il est beige ou quelque chose dans ce goût-là.

Il tressaillit, comme si cette perspective lui causait une vive douleur physique. Il se sentirait davantage lui-même dans un pyjama en satin.

— Il est bleu marine, avec un galon rouge. Tu vas l'adorer.

— J'en doute. Mais je le porterai, puisqu'il le faut. Pour toi.

De mon côté, je n'avais plus une seule chemise de nuit décente. La dernière de mon ancienne collection, une sorte de sac en flanelle, avait fini en chiffons. Je décidai de me coucher drapée dans mon peignoir, mon vêtement de nuit le moins provocant.

Nous allâmes enfin nous coucher. Nous utilisâmes la salle de bains séparément. Il en sortit portant le pyjama bleu marine, écœuré. J'apparus peu après, dans ma chemise de nuit la plus chaste, sous le peignoir de velours éponge qu'il m'avait offert au 21, il y avait une éternité. Entre-temps, j'avais changé. Tout avait changé. Cette fois-ci, aucun candélabre n'ornait les deux tables de nuit jumelles. Peter avait raison. Je m'étais rangée à son opinion. Les bougies risquaient de mettre le feu aux rideaux.

— Pas même une... toute petite ? demanda Paul tristement, quand je lui expliquai ma théorie sur l'incendie.

La lumière des chandelles lui plaisait davantage. Ce n'était plus mon cas.

— Non. Je vais éteindre la lumière, l'avertis-je.

Je me glissai entre les draps, sentis son bras m'entourer. Je dus me répéter qu'il n'était pas Peter, ce qui présentait pas mal de difficultés, surtout dans le noir.

— Pourquoi es-tu si crispée ce soir ? s'enquit-il d'une voix malheureuse, tandis que je demeurais immobile à son côté. Il t'a rendue frigide ou quoi ? Cela ne m'étonne pas qu'il m'ait envoyé ici.

— Tu n'es pas venu en mission... mais en visite, comme un ami.

Et comme une invention insensée de Peter. Durant les trois derniers mois, celui-ci s'était comporté si normalement que j'avais presque oublié le Klone qui avait jailli de son imagination malade.

— Et ton imagination à toi, Steph ? On dirait que tu n'en as plus du tout. Ou qu'il l'a tuée.

— Il me rend très heureuse.

— Je ne te crois pas, dit-il fermement.

Je fronçai les sourcils dans l'obscurité. La tournure que prenait la conversation me déplaisait. J'avais accepté qu'il reste, afin que l'on s'explique. Et aussi parce qu'il me faisait pitié.

— Si tu nageais dans le bonheur, comme tu le prétends, tu serais aussi marrante que quand je t'ai connue. Ma parole, tu es devenue aussi sinistre que lui.

— Je ne peux pas dormir avec deux hommes. Ça me gêne.

— Mais nous ne sommes pas deux. Nous sommes une seule personne.

— Alors vous êtes cinglés tous les deux.

— Possible. Mais nous t'aimons, objecta-t-il négligemment.

— Moi aussi, je vous aime. Et c'est pourquoi je ne veux plus retomber dans la confusion. La dernière fois que j'étais avec toi, je croyais te chérir. Ensuite, j'ai été persuadée que c'était Peter à qui mon cœur appartenait. Et entre-temps, tu gisais dans je ne sais plus quel laboratoire, sans tête. Tu ne trouves pas ça dingue ?

— On dit bien « j'ai perdu la tête », non ? Tu sais, toi, où elle est, ta tête ?

— Ne sois pas insultant.

— Tu ne peux donc pas te taire un peu ?

Avant que je puisse l'arrêter, il m'embrassa et, de nouveau, je sentis la chaleur familière, torride et traîtresse, qui me consumait. Cela recommençait. En dépit de toutes les promesses que je m'étais faites, mon désir rejaillit.

— Non ! me récriai-je... puis je l'embrassai à mon tour en me détestant.

C'était ridicule ! Il suffisait qu'il me touche pour que ma résistance, mes convictions morales, mes résolutions cèdent d'une manière inquiétante.

— Voilà qui est mieux, dit-il.

Il me couvrit de baisers. J'aurais voulu le gifler. Mais je n'en fis rien. Je continuai simplement à le dévorer de baisers sans plus pouvoir m'arrêter. Je ne souhaitais plus qu'une seule chose : l'embrasser jusqu'à la fin des temps. Ses caresses expertes l'emportaient sur ma raison. Les baisers ne me suffisaient plus. J'en voulais davantage... Je le voulais tout entier. Et le pire, c'était que, pendant tout ce temps, Peter me manquait cruellement. Peter, dont Paul faisait partie et vice-versa, car je ne savais plus où j'en étais, qui était l'homme qui me serrait dans ses bras, avec qui je naviguais sur le lac miroitant de la rêverie amoureuse. Au fil des minutes, une douce folie me gagnait. Je ne songeais plus qu'à assouvir ma passion, sans me soucier de qui, des deux hommes de ma vie, se trouvait dans le lit, avec moi. Heureuse, paisible, émerveillée, je m'ouvris à son amour et le double saut périlleux me combla d'aise quand, finalement, il le fit.

— Tu es formidable, murmura-t-il longtemps après.

Je reposais dans ses bras, épuisée. Je m'efforçais de comprendre quelle sorte de cadeau le sort m'avait offert et combien tous les deux m'importaient, même si Peter était et serait toujours mon préféré... Pourtant, j'aimais aussi la fantaisie de Paul.

— Mais pas toi ! Tu ne m'apportes que des ennuis.

Je lui mentais, bien sûr. Je voulais qu'il se sente fautif, car je n'éprouvais pas une ombre de culpabilité. Après tout, la responsabilité en incombait à Peter. C'était lui qui avait conçu Paul, lui qui me l'avait envoyé. Mais pourquoi ? S'agissait-il d'un test de fidélité ? De chasteté ? Dans ce cas, un sérieux problème se posait car, aussi longtemps que je tromperais Peter avec son propre double, et pas avec un étranger, cela ne me semblerait pas de la tromperie. Paul et Peter étaient le même homme. Même visage, même corps, même esprit. Leur seule différence résidait dans leur garde-robe et dans les sauts périlleux très amusants au demeurant, et parfaitement réussis par le Klone.

— Quels ennuis ? objecta Paul. N'explique pas ce qui est par ce qui n'est pas... et qui ne devrait pas être.

Un galimatias, pour moi.

— Précise ta pensée, lui demandai-je, en essayant de combattre ma propre confusion. Que veux-tu dire ?

— Que je suis un caprice de l'imagination de Peter. Son propre prolongement. Et que je t'offre de magnifiques bijoux... Ce qui me fait penser...

Ce disant, il enfouit la main dans la poche de pyjama de Peter, qui gisait sur la descente de lit, pour en tirer un bracelet d'énormes diamants qu'il me tendit.

— Oh mon Dieu, qu'est-ce que c'est ?

— Tu vois bien. Pas une raquette de tennis, en tout cas, ni un serpent domestique. En venant, je me suis arrêté chez Tiffany.

— Oh, Paul, tu as encore fait des folies ! Mais il est fabuleux... ajoutai-je, souriant jusqu'aux oreilles. Maintenant, je devrais me sentir vraiment coupable. Tu vas penser que tu peux m'acheter.

— Je n'en ai pas les moyens. Seul lui les a. Pourquoi ne l'épouses-tu pas, Steph, qu'on en finisse ? Tu ne trouves pas ridicule toutes ces allées et venues d'un appartement à l'autre, sans oublier que vous vous cachez des enfants ? Quelle stupide perte de temps ! Puisque vous vous aimez...

— Là n'est pas la question.

— Si, justement ! dit-il avec sagesse.

— Je n'en suis pas convaincue. J'ai été mariée treize ans, et Roger m'a annoncé qu'il ne m'avait jamais aimée. Je ne pourrais pas revivre un cauchemar pareil.

— Roger est un imbécile. Pas Peter.

— Peut-être, mais il ne m'a rien demandé. Et que

se passerait-il s'il me demandait ma main ? Rideau !
Plus de sauts périlleux. Et plus de bijoux.

— Ne sois pas si cupide. Cela dépendra de lui.
Peut-être acceptera-t-il que je le remplace chaque
fois qu'il ira en Californie.

— J'en doute, répondis-je honnêtement.

Je me demandais si je n'étais pas complètement
folle de discuter ainsi avec quelqu'un qui n'était
même pas humain. Mais il possédait une grande
intelligence, beaucoup d'esprit, le même humour
que Peter. Et d'une certaine manière, j'aimais la
copie, moins toutefois que l'original. Parfois, Paul
savait se montrer adorable. Et par moments, il
n'était qu'une pâle imitation de Peter.

— Oui... il t'emmènera probablement en Californie avec lui, dit-il pensivement. Du moins, il y pen-
sera s'il n'est pas complètement idiot. Sinon, à nous
les quadruples sauts périlleux. Et pire encore... Je
crois que tu l'aimes vraiment, Steph. Parfois même,
je me dis que si tu m'aimes un peu moi aussi, c'est
parce que je lui ressemble.

C'était la vérité. J'avais horreur de le froisser. Au
fond, Paul était terriblement susceptible. A tel point
que souvent je devais me répéter qu'il avait des fils
et des implants à la place du cœur.

— Non, je ne l'épouserai pas ! Tu seras éternellement obligé de m'offrir des bijoux. Et de les lui faire
payer. Autant que tu t'habitues tout de suite à cette
idée.

— L'ennui, c'est que je m'y suis habitué, ma chérie, dit-il tendrement, tandis que nous restions
immobiles côte à côte, enlacés dans le noir.

Un merveilleux bien-être m'envahissait. Tout

compte fait, j'étais enchantée de le revoir. Je commençais à me rendre compte qu'il était indispensable à mon équilibre.

— Si tu savais comme j'avais envie de te retrouver, dit-il alors, tristement. Tu m'aurais drôlement manqué s'ils ne m'avaient pas laissé revenir.

— Ne t'inquiète pas pour ça... Dormons, à présent.

Il se tourna sur le côté et je me blottis contre son dos. Il dégageait quelque chose de vulnérable qui me touchait profondément. A peine cinq minutes plus tard, il dormait à poings fermés. Je restai éveillée dans l'obscurité, pensant et repensant aux émotions de cette journée si particulière. De nouveau, je sombrais dans la confusion. C'était comme si je dormais avec deux hommes qui n'étaient qu'un seul et même être, sans jamais savoir à qui j'avais affaire. Mais tel était le prix du privilège de savourer les caresses d'un Klone composé de circuits électriques et de puces d'ordinateur... C'est en me souriant à moi-même que je m'endormis, lovée contre lui, ravie que Peter me l'ait finalement envoyé.

8

Les jours suivants, je ne me refusai aucun plaisir. Nous fîmes et refîmes les mêmes choses que la fois précédente. Nous restions au lit toute la journée, quand les enfants étaient à l'école. Je remis à janvier ma recherche d'emploi. Et toute la nuit, nous exécutions le triple saut périlleux. Les week-ends, nous nous amusions follement. A la patinoire de Rockefeller Center, où nous nous rendîmes avec les enfants, Paul fit sensation dans une combinaison moulante ornée d'un col à paillettes, sa tenue la plus sobre, en fait. Il patinait comme un champion et suscita l'admiration de tous.

Peter avait téléphoné plusieurs fois de la côte Ouest. Il croulait sous le travail. Je ne soufflai mot de la présence de Paul... Car, ou il le savait et il faisait semblant de l'ignorer, ou il ne voulait pas le savoir. A toutes fins utiles, je gardai donc le silence.

Paul représentait à lui seul une occupation à plein temps. Mais cette fois, c'était différent. Aimer deux hommes à la fois est un tourment de tous les ins-

170

tants. Le malaise s'installait, insidieux, malgré les splendides cadeaux dont Paul continuait de me combler, grâce à la carte de crédit de Peter. Cela aussi m'ennuyait... Et un jour où il partit exceptionnellement au bureau de Peter, j'appelai le psychiatre que j'avais consulté pendant un bref laps de temps quand Roger m'avait quittée. Le praticien parut surpris d'entendre de mes nouvelles. Il y avait plus de deux ans que je ne lui avais donné signe de vie. Il en avait conclu que je m'étais suicidée, que j'avais récupéré Roger ou que j'avais rencontré quelqu'un possédant la capacité de me faire souffrir. J'avais de la chance, dit-il. Un de ses patients s'était décommandé, il pouvait me recevoir dans une demi-heure.

Son cabinet n'avait guère changé en deux ans. Le divan, sur lequel je m'assis, face à lui, semblait un peu plus défraîchi, les tableaux sur les murs dégageaient une impression plus sinistre. Lui-même s'était dégarni un peu plus et les pas des malades avaient usé le tapis jusqu'à la trame. A part cela, l'endroit était égal à lui-même, c'est-à-dire qu'il ne respirait pas franchement la joie de vivre. Le docteur parut content de me revoir. Après les salutations d'usage, je décidai d'entrer dans le vif du sujet, et effectuai un rapide résumé dans ma tête. Je me laissais aller à la confusion. J'étais plus amoureuse de Peter que jamais. Il incarnait tous mes rêves, et, en sa présence, mon bonheur n'avait pas de limites. En son absence, en revanche, tout se gâtait. Je me sentais prisonnière de ma liaison démentielle avec Paul, « l'ami imaginaire », comme il se plaisait à s'appeler à présent. Or, l'ennui était qu'il n'avait rien d'imaginaire. Au contraire, chaque jour il me semblait plus réel que la veille. Je l'avais de nouveau dans la peau. Mon désir pour lui avait atteint d'effrayantes proportions et c'était la raison qui m'avait poussée à consulter le Dr Steinfeld.

— Eh bien, Stephanie, quel bon vent vous amène ? demanda gentiment le médecin. Vous vous êtes remise avec Roger, n'est-ce pas ?

— Oh non, que Dieu m'en garde.

Je n'en aurais pas voulu pour tout l'or du monde. Je savais par Charlotte que la belle Helena était enceinte et, bizarrement, je m'en moquais éperdument. Avant, une telle nouvelle m'aurait irritée, sinon bouleversée. Mais j'étais trop occupée à peaufiner mes sauts périlleux avec Paul et à attendre les coups de fil de Peter pour me soucier du bébé de Roger et de sa nouvelle épouse.

— Non, c'est autre chose.

Evoquer le futur bébé d'Helena serait une perte de temps inestimable.

— J'ai une liaison avec deux hommes, docteur, et cela me pourrit l'existence... Enfin, pas tout à fait deux. Un, en fait...

Sentant peser sur moi le regard intéressé du Dr Steinfeld, je compris que j'aurais de la peine à le convaincre.

— Attendez, Stephanie... Vous avez une liaison avec un ou deux hommes ? Je ne suis pas sûr d'avoir bien saisi. Ce n'est pas très clair.

C'était tout sauf clair, en effet. Et mon psychiatre affichait une expression presque aussi déconcertée que la mienne.

— Le premier est réel. L'autre est imaginaire. A ceci près que nous faisons merveilleusement bien l'amour ensemble. Il se montre seulement quand le vrai n'est pas là... En fait, le vrai m'envoie le faux, vous comprenez ?

Le Dr Steinfeld opinait du chef, fasciné, sans me quitter des yeux. Voilà qui devenait passionnant. Mentalement, il devait m'attribuer les palmes de la névrose.

— Et comment... comment est votre vie amoureuse avec... avec le vrai ?

— Extraordinaire ! affirmai-je avec une tranquille certitude et, de nouveau, le praticien hocha la tête.

— Vous m'en voyez ravi. Et le... euh... le deuxième homme, est-il seulement un fantasme ? Et, dans ce cas, quelle sorte de fantasme ? Avez-vous pu l'analyser ?

— Oui. Il est peut-être à la fois fantasme et réalité. Je sais que cela va vous paraître complètement dingue, docteur, mais le deuxième homme, Paul, est en fait le clone du premier... qui s'appelle Peter.

— Vous voulez dire qu'ils se ressemblent ? Qu'ils sont jumeaux ?

— Non. Ils sont une seule et même personne. Paul est, je vous le répète, plus ou moins le clone de Peter. Peter travaille dans la bionique. Il a participé à plusieurs expériences inhabituelles et je l'aime, oui, je l'aime énormément.

De minuscules gouttelettes de sueur perlaient sur le front du Dr Steinfeld. A présent, une sorte de fascination consternée se lisait dans ses yeux. Je regrettais d'être venue.

— Dites-moi, ma chère, avez-vous pris des médicaments dernièrement... sans faire attention ? Vous savez, certains d'entre eux ont des effets secondaires qui peuvent provoquer des hallucinations.

— Mais je n'ai pas d'hallucinations ! Paul est le clone bionique de Peter et Peter me l'envoie chaque fois qu'il part en voyage. J'ai couché avec lui pendant deux semaines l'automne dernier et nous venons de remettre ça. Je suis dans le brouillard, docteur... De toute façon, je suis amoureuse des deux... Mais celui que j'aime vraiment, c'est Peter. Le vrai, j'entends...

— Stephanie, dit-il alors fermement. Entendez-vous parfois des bruits bizarres ? Des voix, par exemple ? Même lorsque vous n'êtes pas avec eux ?

— Mais non, je n'entends pas de voix. J'ai deux hommes dans ma vie et je ne sais pas comment gérer le problème. C'est aussi simple que cela.

— Donc, c'est clair. Sont-ils tous les deux *réels*, Stephanie ? Je veux dire par là humains, comme vous et moi ?

— Non, répondis-je d'une petite voix. L'un ne l'est pas. Paul est ici parce que Peter est loin. Il me l'a envoyé.

Le Dr Steinfeld passa lentement l'index sur son arcade sourcilière en me dévisageant fixement.

— Est-ce que Paul est dans la pièce avec nous maintenant ? demanda-t-il d'une voix prudente. Pouvez-vous le voir ?

— Bien sûr que non.

— Très bien ! Est-ce que vous vous sentez abandonnée quand Peter s'en va ? Avez-vous besoin de combler le vide qu'il laisse avec quelqu'un d'autre, quelqu'un qui sort de votre imagination ?

— Non. Je ne me sens pas rejetée. Je vous l'ai dit, c'est Peter qui m'envoie Paul.

— Et comment est-ce qu'il vous l'envoie ?

Dans une soucoupe volante ! Visiblement, il s'attendait à ce genre de réponse.

— Paul arrive avec armes et bagages, c'est-à-dire une montagne de valises Hermès en croco pourpre. Il a des goûts quelque peu excentriques dans sa façon de s'habiller, voyez-vous... Et puis, il est d'un drôle !

— Et Peter ? Comment est-il ?

— Oh, c'est un homme merveilleux. Un parfait gentleman. Il est brillant, affectueux, très gentil avec mes enfants. Je suis follement éprise de lui, docteur.

— Comment s'habille-t-il ?

— Pantalons kaki, chemises classiques, blue-jeans, costumes en flanelle grise, blazers...

— Est-ce que cela vous ennuie ? Aimeriez-vous que ses vêtements ressemblent à ceux de Paul ?

— Oh, non, j'adore sa garde-robe. En vérité, il est beaucoup plus sexy que Paul, sans même s'en rendre compte. Quand je le vois, j'ai les jambes en coton.

Je souriais, songeant à Peter.

— C'est très bien, Stephanie. Très très bien. Et que ressentez-vous vis-à-vis de Paul ?

— Je l'aime aussi. Il adore s'amuser. Parfois, il se tient mal en public... Mais il aime bien mes enfants également. C'est un être plein de gentillesse doublé d'un amant exceptionnel. Il fait de ces choses... Par exemple, des espèces de sauts périlleux. Nous nous élevons dans les airs et nous atterrissons en douceur sur le tapis, lui en dessous, moi au-dessus, et puis...

Le Dr Steinfeld semblait au bord de l'apoplexie. Je m'interrompis, par pitié pour lui.

— Des sauts périlleux ? articula-t-il. De la lévitation ? Mais avec qui faites-vous cela ? Le vrai ou l'imaginaire ?

— Paul n'est pas imaginaire. C'est un Klone. Un clone bionique. Avec des fils et des circuits. Mais il ressemble à Peter trait pour trait.

— Que se passe-t-il quand Peter rentre ? Est-ce que... comment s'appelle-t-il déjà ?... Paul disparaît ou continuez-vous à le « voir » ?

— Ils le ramènent au laboratoire où ils vérifient ses puces électroniques et lui dévissent la tête.

De grosses gouttes de sueur coulaient à présent sur la figure du Dr Steinfeld. Ses yeux brillaient sous la broussaille de ses sourcils froncés. Je n'étais pas venue ici dans le but de le tourmenter, mais pour me soulager. Visiblement, cela ne fonctionnait pas.

— Stephanie, n'avez-vous pas envisagé de prendre des médicaments ?

— Comme du Prozac ? J'ai pris du valium il y a deux ans. Sur vos conseils.

— Je songeais à un traitement un peu plus fort. Plus approprié à votre problème. Du Depakote, peut-être... Une sorte de neuroleptique. En avez-vous entendu parler ? Avez-vous pris d'autres médicaments depuis que je vous ai vue ?

— Non.

— Avez-vous été hospitalisée récemment ? s'enquit-il avec sympathie.

Un flot de panique m'envahit. Je crus qu'il allait appeler l'hôpital de Bellevue, demander une ambulance et m'expédier directement au pavillon psychiatrique.

— Non, je n'ai pas été hospitalisée... Je sais que

ce qui m'arrive a l'air abracadabrant. C'est pourtant vrai, docteur. Je vous le jure.

— Je ne mets pas en doute vos visions. Je suis sûr que vos deux amis vous paraissent absolument réels.

Je décelais le doute dans ses yeux. Il devait être persuadé que je les avais inventés tous les deux, que j'étais folle à lier — ce qui n'était pas entièrement faux, mais pas au point où il le croyait. Soudain, je détestai Peter de m'avoir mise dans cette situation.

— Ecoutez-moi maintenant. La visite est terminée. Je vais vous prescrire une ordonnance. Je vous attends demain, Stephanie.

— Demain, je n'ai pas le temps. Nous allons faire les courses pour Noël, avec Paul et les enfants.

— Je vois, dit-il, une lueur d'inquiétude dans les yeux. Roger a-t-il la garde des enfants ?

— Non. C'est moi qui l'ai.

Je me retins de rire, tant l'expression ahurie de mon cher docteur m'amusait. Oh, j'aurais voulu qu'il puisse constater de visu l'existence de Paul. Ou que celui-ci fasse irruption dans le cabinet en lamé or, en collants puce ou chartreuse ou en pantalon de soie rose ou violet... La combinaison léopard ou celle en velours orange qu'il avait mise la veille au dîner ferait également l'affaire. Le Dr Steinfeld le trouverait sûrement attachant. Et il comprendrait pourquoi je me sentais aussi perdue.

— Avez-vous des maux de tête, Stephanie ? De fortes migraines ?

— Non, docteur, répondis-je en lui souriant. Excusez-moi de vous avoir dérangé.

Je me redressai, sous son regard affolé.

— Vous vous en sortirez avec les médicaments

appropriés, affirma-t-il. Vous vous sentirez mieux. Il faudra quelques semaines avant que le traitement apporte les effets souhaités, il est donc important de le commencer tout de suite. Appelez-moi demain pour un autre rendez-vous.

— Entendu.

Je me précipitai hors du cabinet, avant qu'il ne me passe la camisole de force.

Dans la rue, je hélai un taxi. A la maison, je trouvai Paul en train de jouer aux cartes avec les enfants. Il avait entamé sa deuxième bouteille de bourbon et je le contemplai, hochant la tête à la manière du Dr Steinfeld.

— Tu vas bien ? demanda-t-il, peu après, en pénétrant dans la cuisine où je préparais le dîner.

— Je te déteste ! m'écriai-je, et à ce moment-là j'étais sincère. J'ai vu mon psychiatre cet après-midi. Grâce à toi et à l'autre fou qui t'a envoyé ici, le pauvre homme est persuadé que je suis bonne pour l'hôpital psychiatrique.

— Tu ne lui as pas dit la vérité ?

— J'ai essayé. Mais jamais vérité n'a été plus démente. D'ailleurs, je commence à penser que la folie est contagieuse.

— Qu'est-ce qu'il t'a dit, alors ? s'enquit Paul, tout ouïe.

— De prendre des médicaments afin de soigner mes hallucinations. Je lui ai raconté que tu étais un Klone et il m'a demandé si tu te trouvais dans la pièce, avec nous. Bien vu, hein ?

— Pour ça oui. Si j'avais été là, il s'en serait rendu compte, crois-moi.

Il portait un pantalon en velours à motifs de zèbre,

178

une chemise de satin noir ouverte jusqu'à la taille. Sur son torse étincelait son médaillon de diamants.

— Certainement ! Et il t'aurait entendu aussi.

Paul me regarda. Il avait perçu la pointe dure dans ma voix. Je n'étais pas d'humeur à subir ses fantaisies. Pour la première fois, j'en avais assez de lui. Assez de ses vêtements criards, assez de ses beuveries, de ses plaisanteries douteuses et même de ses sauts périlleux. Peter me manquait énormément.

Après dîner, quand Peter téléphona, j'emportai l'appareil dans la salle de bains où je m'enfermai dans l'espoir d'avoir un peu d'intimité.

— Comment vas-tu ?

— Très bien, merci. Je deviens complètement zinzin.

— A cause des enfants ?

— A cause de vous deux ! l'accusai-je.

Il comprit immédiatement de quoi il retournait.

— *Il* est revenu ? s'étonna-t-il.

— Comme si tu ne le savais pas. N'est-ce pas toi qui l'as envoyé ?

— Pas cette fois. Je pensais que tu pourrais te passer de lui. Tu étais si occupée..

— Alors comment est-il venu ?

Ma raison vacillait une fois de plus. Je ne demandais pas mieux que de croire Peter. J'avais hâte que tout rentre dans l'ordre.

— Honnêtement, Steph, je n'en sais rien. S'il est trop envahissant, tu n'as qu'à le remettre à sa place. J'enverrai les gens du labo le chercher. Ils le reconduiront à l'entrepôt et lui retireront sa tête.

— Non ! répliquai-je vite, trop vite. Il peut rester jusqu'à ton retour.

Et voilà, c'était reparti ! Malgré toutes les bizarreries de Paul, je n'arrivais pas à m'en séparer. Mais plutôt mourir que l'avouer à Peter.

— Tu préfères donc qu'il soit chez toi ? demanda-t-il d'une voix anxieuse.

— Je ne sais plus ce que je veux. Tout le problème est là !

— Je vois...

— Nom d'un chien, Peter, je crois entendre le Dr Steinfeld.

— Qui est-ce celui-là, encore ?

Je ne lui en avais jamais parlé.

— Un psychiatre qui m'aurait enfermée avec plaisir aujourd'hui. Et par ta faute. Pourquoi ne pars-tu pas en me laissant seule, comme tout le monde, et tant pis si tu me manques ? Au lieu de cela, tu te crois obligé de me confier à ce satané Klone. Si cela continue, je sens que je vais devenir folle.

Sous l'effet de la colère, j'avais levé le ton. Pour la première fois j'étais furieuse contre Peter, en dépit de mon amour pour lui.

— Je croyais qu'il te plaisait.

— Il me plaît.

— Mais... trop, n'est-ce pas ? C'est cela que tu veux dire ?

Il parlait fort, lui aussi. Il était presque aussi en colère que moi. La jalousie le taraudait.

— Je n'en sais rien ! Je ne sais plus ce que je veux dire. Peut-être sommes-nous fous, tous les deux.

— Je vais essayer de rentrer plus rapidement, dit-il, sincèrement alarmé.

— Et si nous vivions tous les trois ensemble ? A propos... Helena attend un heureux événement.

— Et alors ? C'est cette perspective qui a ruiné ta belle humeur ?

— Je ne sais pas. Non, je ne crois pas... Mais les enfants ne sont pas contents. Ils la détestent. Et, fatalement, ils sont furieux qu'elle attende un bébé.

— Je suis désolé, Steph.

— Non, tu n'es pas désolé ! sanglotai-je, tandis que, du salon, me parvenaient les rires de Paul. Mon Dieu, c'est un alcoolique, explosai-je. Je t'assure que si je revois ses horribles pantalons en faux zèbre, je vais avoir une dépression... Si ce n'est pas déjà fait.

Je lui en voulais. Je le rendais responsable de tout ce qui m'arrivait. J'aurais voulu le haïr pour cela. Pourtant, je l'aimais toujours... Et je savais que mes enfants s'étaient pris d'affection pour lui, y compris Charlotte, qui, pourtant, n'aurait pas admis, même sous la torture, qu'elle avait de l'amitié pour lui. Sam, lui, considérait Peter comme une figure paternelle depuis la fameuse nuit d'Halloween où Roger avait failli à tous ses devoirs de père.

— Il s'agit juste d'une expérience. Tu le prends trop au sérieux.

Franchement, on aurait dit une conversation de fous. Heureusement que le Dr Steinfeld ne pouvait pas nous entendre.

— Comment ne pas le prendre au sérieux ? Il vit ici. Je suis amoureuse de toi. Sous la douche, il te ressemble comme un frère jumeau et quand il est habillé, j'ai l'impression de croiser dans mon salon Elvis Presley, du temps de sa splendeur.

— Je sais... Je sais... Nous avons essayé de le reprogrammer, mais il n'y a rien eu à faire.

Il devait se demander comment je savais de quoi

Paul avait l'air sous la douche. Mais, bien sûr, il connaissait la réponse. Il savait tout de notre aventure de la première fois et maintenant il était facile de deviner la suite. Par ailleurs, Peter connaissait Paul mieux que personne.

— Il pense que tu devrais m'épouser, repris-je en reniflant. Tu imagines ? Il est encore plus cinglé que toi.

Des larmes mouillaient mon visage. A l'autre bout du fil, un long silence se fit.

— Mais ne t'en fais pas, poursuivis-je. Je lui ai dit qu'aucun de nous n'était assez idiot pour commettre une telle erreur.

— Ravi de te l'entendre dire, répondit-il finalement, d'un ton froid.

— Et moi donc ! J'ai sûrement besoin de vous deux pendant un certain temps... histoire de recouvrer mes esprits.

J'aurais plutôt été mieux toute seule devant la télé, à regarder mes chères rediffusions. J'avais cru au bonheur quand je partageais la vie de Roger. Un bonheur qui, à l'instar d'une poignée de sable, s'était échappé de mes doigts. Et maintenant, je n'avais pas trouvé mieux que de m'enticher d'un curieux tandem. L'homme bionique et Dr Frankenstein, le génie fou. Bouleversée, je restai assise, prostrée, en pleurs.

— Les fêtes de Noël sont dures pour tout le monde, Steph. Tes nerfs sont à vif. Détends-toi. Je rentrerai le plus vite possible à la maison et il ira droit à l'entrepôt du laboratoire. Si tu le souhaites, je donnerai l'ordre de le démonter.

— Oh, non ! Seigneur, quelle fin affreuse !

Et cela nous ramena au point de départ. J'aimais Peter, mais je ne voulais pas perdre Paul. La situation demeurait inextricable.

— Stephanie, calme-toi. Essaie de passer une bonne nuit de sommeil... Il dort toujours dans la chambre d'amis, n'est-ce pas ?

— Oui, bien sûr.

« Imbécile ! aurais-je voulu lui crier. Qu'est-ce que tu crois ? Il n'a pas été créé pour dormir seul dans des chambres d'amis. »

— Je t'aime, ajoutai-je d'une voix lugubre.

— Moi aussi. Je te rappellerai demain.

Il raccrocha. La nuit qui suivit fut semblable aux précédentes. Quadruples sauts périlleux et étreintes passionnées à la lueur dansante des bougies, massages à l'huile odorante et caresses magiques. Le matin me trouva l'œil ouvert, abattue, en pleine confusion. Je les abhorrais tous les deux. Je souhaitais que Peter revienne et que le Klone partage notre vie, ou qu'ils s'en aillent et que je ne les revoie plus jamais. Et je me jurais qu'il n'y aurait plus de sauts périlleux, plus de bijoux, plus de sorties. Je voulais à la fois qu'ils partent et qu'ils restent. Finalement, je sombrai dans un sommeil agité pour rêver de Peter. Il venait vers moi, accompagné d'Helena, qu'il tenait enlacée par les épaules, tandis que Paul, dans son affreux collant zébré, observait la scène avec un rire moqueur.

9

A la fin de la deuxième semaine passée avec Paul, je sombrai dans un état de confusion avancé. Pourtant, nous nous amusions toujours autant. Nous nous rendîmes à toutes les réceptions de Noël où j'étais invitée et, en dépit de quelques faux pas, il réussit à bien se tenir. J'avais essayé d'exercer mon influence sur ses déplorables goûts vestimentaires, mais en vain. C'était trop lui demander. Il avait acheté un costume lamé argent, dont la veste était ornée de boules de Noël, tandis que des centaines de minuscules ampoules clignotaient sur le pantalon. Il en était extrêmement fier et il n'y eut rien pour le faire changer d'avis. A la première soirée où nous allâmes, notre hôtesse nous accueillit d'un rire enchanté, croyant à une aimable plaisanterie. Personne ne s'aperçut que Paul prenait son accoutrement au sérieux. Il fut à la fois le clou de la soirée et le dernier cri de la mode.

Il dévora tous les hors-d'œuvre, engloutit une tonne de caviar, et tandis que les maîtres de maison avaient le dos tourné, mit leur poisson tropical dans son verre et l'avala, en même temps que son cocktail. Personne ne le remarqua à part moi. Je fis en sorte que nous partions parmi les premiers, avant que son attitude n'éveille les soupçons de nos hôtes.

La deuxième soirée où il m'accompagna avait lieu chez de vieux amis à moi qui avaient déjà rencontré Peter. Ils chantèrent des chants de Noël, le buffet croulait sous des mets somptueux, et, après dîner, nous jouâmes aux charades dans le salon. Je mimai *Autant en emporte le vent*, mais j'eus beau m'agiter, personne ne comprit, ce qui fit naître une idée lumineuse dans l'esprit fertile de Paul. Il choisit un seul mot, très court, qu'il mima à son tour, et il ne fallut pas plus d'une seconde pour comprendre qu'il s'agissait du mot *pet*. Naturellement, il s'en donna à cœur joie. Nous quittâmes la soirée assez rapidement. Je présentai mes excuses à mes amis qui m'assurèrent que mon « fiancé » avait remporté un franc succès, surtout parmi leurs enfants. Ils ajoutèrent qu'il semblait beaucoup plus « décontracté » que la première fois qu'ils l'avaient vu. J'opinai de la tête en le surveillant d'un œil, tandis que les maîtres de maison nous raccompagnaient vers la sortie. J'étais furieuse et, dès que nous fûmes partis, j'attaquai :

— C'était un peu exagéré, tu ne crois pas ? fulminai-je à mi-voix dans le taxi qui nous ramenait à la maison. Et pas drôle du tout.

— Quoi donc ? Les chants de Noël ? C'était joli, au contraire.

— Non, les charades... Ils avaient choisi des titres de films, Paul. Il n'existe pas de film intitulé *Pet*.

— Voyons, Steph, ne sois pas si collet monté.

Tout le monde a adoré. Ils ont beaucoup ri... C'était tellement facile que je n'ai pas pu résister. Et c'était leur faute. Ils n'avaient qu'à ne pas servir de haricots blancs au buffet... Les haricots blancs ne figurent dans aucun menu de Noël.

— Personne ne t'obligeait à les manger.

Une expression de panique crispa ses traits.

— Tu es fâchée, ma chérie ?

J'effleurai du regard son costume, étincelant comme un sapin de Noël, puis je haussai les épaules. Comment pourrais-je me fâcher contre quelqu'un d'aussi innocent ? D'aussi inconscient ?

— Non, mais je devrais.

Je savais que, si agaçant qu'il fût, il me manquerait lorsqu'il s'en irait. Le moment du départ approchait inéluctablement. Il ne nous restait plus que quelques jours. Depuis le début, quelque chose chez lui m'attirait et me touchait. Pas ses costumes flamboyants, ni même ses sauts périlleux, non. Il émanait de lui une aura de candeur, une tendresse et une innocence auxquelles, en dépit de mes efforts désespérés, je ne pouvais résister.

— Je t'aime, Steph, murmura-t-il en se rapprochant de moi, sur la banquette arrière du taxi. Je voudrais passer le jour de Noël avec toi.

« Pas moi ! » faillis-je répondre, ce qui, de toute façon, aurait été faux. Il y avait au contraire des moments où je souhaitais qu'il reste pour toujours, avec ses vêtements déments et son attitude choquante. Je prenais des risques quand je lui demandais de m'accompagner à des soirées, où je passais la plupart du temps sur des charbons ardents. Mais lorsque nous étions seuls, l'anxiété se transformait en bonheur.

Accablé par le remords de m'avoir fait honte, il proposa que nous nous arrêtions chez Elaine's pour un dernier verre. L'établissement comptait parmi les endroits que j'adorais à l'époque où j'étais encore mariée avec Roger. Je n'y étais plus retournée depuis mon divorce. L'idée semblait bonne. Aussi, après une brève hésitation, j'acceptai.

Le taxi nous laissa au coin de la rue. Il m'enlaça, tandis que nous approchions d'un pas alerte de Elaine's. Comme à l'accoutumée, une foule compacte et joyeuse s'agglutinait devant le bar, où Paul commanda un double bourbon pour lui et un verre de vin blanc pour moi. Je n'avais pas soif, mais une sensation de bien-être m'enveloppait... malgré son accoutrement ridicule. Ici, les styles les plus disparates se côtoyaient : le classique jouxtait l'extravagant et le grotesque sans que quiconque s'en formalise. On pouvait apparaître dans la tenue la plus excentrique, personne ne s'en offusquait, contrairement au 21 où l'observation des règles du bon goût était de rigueur.

A peine avais-je avalé la première gorgée que mon regard croisa celui d'Helena, accoudée au comptoir dans une robe de cocktail écarlate bordée de fourrure blanche — genre lapin — qui répandait ses poils, tels de petits nuages blancs, sur les vêtements de ceux qui l'entouraient. Mais ce furent surtout ses seins, énormes, jaillissant à moitié de son décolleté plongeant, qui attirèrent mon attention, au détriment de son ventre à peine arrondi sous le velours rouge de sa toilette. En levant les yeux, j'aperçus

Roger qui m'observait... mal à l'aise. Ensuite, il se tourna vers Paul. Les boules de Noël de sa veste de soirée semblaient plus grosses qu'auparavant et, même au milieu de la cohue, les petites ampoules qui constellaient son pantalon le nimbaient d'une sorte de halo lumineux.

— Qu'est-ce que c'est que ça ? fit Roger sans préambule et sans chercher à dissimuler son étonnement.

Il avait entendu parler de Peter par les enfants, mais rien ne l'avait préparé à ce spectacle.

— C'est Paul... je veux dire Peter, répondis-je calmement, ôtant du revers de la main une petite touffe pelucheuse qui s'était détachée de la fourrure d'Helena pour se coller sous mon nez.

— Eh bien, dites-moi, quel beau costume ! s'exclama Roger.

Bien sûr, Paul crut à un compliment, alors que moi, connaissant Roger, je devinais sa consternation.

— Merci. C'est un modèle de Moschino, expliqua-t-il gaiement, ignorant à qui il avait affaire. D'habitude, je m'habille chez Versace mais que voulez-vous, avec cette ambiance de fête, j'ai été incapable de résister. Dites, c'est quoi votre fourrure ? (Il jeta un coup d'œil au décolleté d'Helena avant de se tourner vers moi.) Des amis à toi, chérie ?

— Mon ex-mari et son épouse, répondis-je, tendue.

Je grimaçai un sourire à l'adresse de celle qui m'avait succédé dans la vie de Roger.

— Bonsoir, Helena.

Elle répondit par un sourire tout aussi crispé,

après quoi elle disparut au milieu de la foule dans une brume de fourrure blanche, sous prétexte de se repoudrer le nez. Roger se tourna vers l'homme qu'il prenait pour Peter. Il aurait été carrément atterré s'il avait su qu'il s'agissait d'un Klone.

— Les enfants m'ont beaucoup parlé de vous, dit-il.

Paul acquiesça, puis partit à la recherche d'une table libre, et l'instant suivant je me retrouvai seule avec Roger, pour la première fois depuis des siècles.

— Je ne comprends pas comment tu peux sortir avec un type qui a cette allure, déclara-t-il d'une voix blanche.

— Et moi je ne comprends pas comment tu as pu épouser cette petite gourde... D'ailleurs je croyais que tu étais allergique à la fourrure.

Ou était-il seulement allergique à mes vieilles chemises de nuit et à mon poil aux jambes ?

— Tu n'as pas le droit de la critiquer, répliqua-t-il, furieux. Elle est la mère du demi-frère ou de la demi-sœur de tes enfants !

Il avait repris cet air supérieur que j'exécrais.

— Le fait que tu l'aies épousée et qu'elle soit enceinte ne la rend pas intelligente, Roger. Elle est aussi idiote que je l'ai été. Pour le moment, en tout cas... Mais de quoi parlez-vous tous les deux ? Avez-vous au moins quelque chose à vous dire ?

— Et toi, qu'as-tu à dire à ce farfelu ? A part chanter *La vie en rose* ?

— Il est très gentil avec les enfants. C'est important, il me semble.

Ce n'était pas le cas d'Helena, je le savais par Sam et Charlotte. Chaque fois qu'ils rentraient de week-end, ils se plaignaient de son indifférence. Elle leur adressait à peine la parole et avait hâte de les voir repartir le dimanche soir. Roger s'en rendait compte. Et ce n'était qu'un début. L'attitude de sa chère et tendre moitié ne ferait qu'empirer après la naissance du bébé. Mais je n'avais guère envie d'évoquer ces problèmes dans ce bar où, d'ailleurs, je regrettais amèrement d'être venue. Roger semblait aussi mesquin que deux ans plus tôt, lors de notre séparation... Il paraissait fatigué. Il avait pris un coup de vieux. En revanche, Helena s'était épanouie. Eblouissante, sexy, elle attirait tous les regards sur son décolleté vertigineux, souligné par la bordure en fourrure blanche. Sa grossesse ne se remarquait pas encore, mais ses seins avaient atteint des dimensions impressionnantes.

— Tu vas bien ? demanda Roger, d'une voix compatissante.

Je le détestais. Je ne voulais pas qu'il me plaigne parce que je sortais avec un Klone habillé en sapin de Noël clignotant.

— Très bien, merci.

Rien de moins sûr ! J'étais amoureuse d'un génie excentrique qui pratiquait des expériences scientifiques bizarres, des choses que je ne comprenais pas, et qui tenait à son célibat comme à la prunelle de ses yeux. Et pendant qu'il se trouvait en Californie, je couchais avec son Klone... J'aurais difficilement pu expliquer un tel scénario à Roger. De retour près de nous, Paul brisa le silence qui commençait à devenir pesant.

— Ça y est ! Nous avons une table.

Je n'avais qu'une envie : rentrer à la maison. De

ma place, je pouvais voir Helena se frayer un passage parmi la foule, précédée d'un nuage de fourrure blanche.

— Cela m'a fait plaisir de te voir, dis-je poliment à Roger. Joyeux Noël.

Je posai mon verre de vin et suivis Paul. Nous dépassâmes Helena, dont je reconnus le parfum... Le même que celui que je portais des années auparavant. Le seul que Roger aimait vraiment... Roger, qui avait refait sa vie et qui attendait un bébé, comme tout jeune marié. Eh bien, tout cela ne me regardait plus. Encore moins Peter ou Paul.

Je décrétai que je voulais m'en aller. Malgré sa déception — il avait déployé des efforts louables pour trouver une table —, Paul, pour une fois, n'émit aucune objection. Il m'emboîta le pas. Une fois dehors, je respirai profondément dans la nuit d'hiver, pour me libérer de l'image obsédante de Roger et du parfum d'Helena. Paul me scrutait attentivement.

— Que s'est-il passé ?

— Je ne sais pas.

Je grelottais dans l'air glacial de décembre. Les premiers flocons de neige commençaient à tomber.

— Je ne m'attendais pas à le rencontrer, repris-je. C'est une petite garce, et il en est fou. Ça a été comme un flash-back : je me suis rappelé tout ce qui a provoqué notre rupture. Il m'a quittée pour elle.

Je me sentais seule, vulnérable. Nue... La vérité sautait aux yeux : Roger ne m'avait jamais aimée. Et il était amoureux d'Helena. De sa vilaine robe rouge et de ses cheveux teints en blond cuivré. Je ne voulais plus de lui, pour rien au monde je n'aurais souhaité qu'il revienne... Mais le voir avec elle m'avait remémoré l'échec de mon mariage et tous mes rêves brisés.

— Ne sois pas triste, Steph, dit Paul gentiment. Elle ne t'arrive pas à la cheville. Ses seins ne sont pas naturels. Et quelle robe affreuse ! Tu es mille fois plus belle qu'elle, crois-moi. Et qui voudrait d'une femme aussi vulgaire ?

Et alors qu'il fustigeait le mauvais goût d'Helena, les boules de sa veste et les loupiotes de son pantalon brillaient de mille feux. Mais il posait sur moi un regard touchant, plein de sollicitude. Il m'entoura tendrement de son bras et héla un taxi. Tandis que nous roulions à travers les rues de New York, il essuya mes larmes.

— Oublie-les donc ! Quand nous serons à la maison, j'allumerai les bougies et je te ferai un bon massage relaxant.

Il avait pris le ton du médecin ordonnant du repos. Je ne répondis rien. Le trajet se poursuivit dans le silence.

Arrivée à la maison, je payai la baby-sitter. Enfin, une bonne surprise m'attendait : les enfants étaient allés se coucher tôt, ils dormaient depuis des heures. Cette nuit-là, Paul me massa gentiment et, peu à peu, je me laissai emporter par sa tendre passion dans une étreinte toute en douceur qui s'acheva par un modeste double saut périlleux.

Après cet incident, je me sentis plus proche de lui. Ma rencontre fortuite avec Roger et Helena avait été une épreuve pour moi et Paul avait su restaurer mon image à mes propres yeux. Cette semaine-là, j'emmenai les enfants voir *Casse-Noisette*. Paul nous accompagna, déguisé comme d'habitude. Il fit quelques pas de danse dans l'aile du théâtre, en m'invitant à me joindre à lui. Après le spectacle, nous emmenâmes Sam admirer l'un des arbres de Noël géants, et Paul s'assit sur les genoux du Père Noël. Il prit ensuite, dans la hotte du Père Noël, de jolis cadeaux pour Sam et Charlotte. En le regardant, je ne pus réprimer un sourire. Il me rappelait tout ce que Peter n'était pas. On eût dit que Paul avait été programmé pour effectuer tout ce que Peter oubliait de faire pour moi. Les cadeaux, le temps qu'il me consacrait, son esprit d'éternel enfant quand il jouait avec Charlotte et Sam. Sa tendresse sans fin. Il était impossible de lui résister. En dépit de son comportement parfois absurde, c'était un homme bon. Ou, plutôt, un bon Klone...

Peter m'appelait de Californie deux ou trois fois par jour. Il commençait par poser des questions sur Paul. Il voulait savoir ce que Paul faisait, ce qu'il disait, s'il utilisait sa carte de crédit, s'il conduisait sa Jaguar. Je dus avouer qu'il avait en effet pris le volant, car il avait eu un autre accident sur l'autoroute. Il avait neigé et la chaussée s'était transformée en patinoire. Paul était en train de fredonner un tube de Whitney Houston que je lui avais offert — il détestait la collection de CD de Peter —, quand la voiture avait fait une embardée et atterri sur un monceau de neige accumulé sur le bas-côté de la route. Elle était restée là un petit moment, tandis que Whitney continuait de chanter, avant de glisser le long de la pente enneigée jusqu'au rivage de l'East River où elle s'était enfoncée dans l'eau peu profonde et était demeurée, à moitié submergée, pendant près de deux heures, en attendant les secours. D'après Paul, quand finalement le véhicule avait été sorti de l'eau à l'aide d'une grue, les sièges capitonnés de cuir et la moquette étaient trempés. Il redoutait la réaction de Peter, au cas où il faudrait changer le moteur.

Ce dernier émit un grognement quand je lui appris la nouvelle, et poussa un soupir à fendre l'âme quand je lui annonçai le montant des réparations.

— Surtout empêche-le de la faire repeindre ! fut tout ce qu'il répondit avant de raccrocher.

— Comment a-t-il pris la chose ? demanda Paul, assez angoissé.

— Plutôt mal.

Je m'inquiétais pour Paul, néanmoins, car après son petit plongeon dans l'East River, il avait attrapé froid.

— Il s'en remettra, lui dis-je gentiment, puis je lui annonçai la mauvaise nouvelle : Il rentre après-demain.

— Déjà ? Il devait rester deux jours de plus, gémit-il, effondré.

Il avait projeté de passer un merveilleux week-end avec moi.

— Il doit participer à une réunion du conseil d'administration de sa société.

Je soupçonnais les véritables raisons de ce retour précipité. Et ce n'était pas seulement à cause de la voiture. Il ne supportait plus de me savoir en compagnie de Paul... Et ce dernier l'avait senti aussi.

Cette nuit-là fut tranquille. Je l'enveloppai dans

des couvertures et l'abreuvai de grogs, et chaque fois que je l'embrassais, un sifflement lui déchirait la poitrine. Son nez arborait une couleur rouge vif. Mais, si malade fût-il, il était en meilleur état que la Jaguar. Plus tard, alors que je le rejoignais au lit, il se tourna vers moi d'un air grave. Son habituelle joie de vivre s'était envolée et il semblait malheureux.

— Que se passerait-il si je restais ici ? demanda-t-il d'une voix inquiète.

Je souris. Peut-être s'était-il cogné la tête pendant son accident.

— Mais tu es là, non ? Ou l'as-tu oublié ?

Mais il me fixa intensément.

— Je veux dire, après le retour de Peter. Que se passera-t-il si je lui dis que j'ai décidé de rester ? Que je ne veux plus retourner à l'entrepôt ?

C'était la première fois qu'il envisageait de se rebeller.

— Crois-tu que ce serait possible ? Qu'ils te le permettraient ?

— Je pourrais essayer. Je ne peux pas te quitter, Steph. C'est au-dessus de mes forces. Je t'aime... Nous sommes heureux ensemble. Tu as besoin de moi.

Oui, certes, bien sûr, mais en vérité j'avais encore plus besoin de Peter. Même si j'avais scrupule à l'admettre, Peter m'était plus nécessaire que Paul. Je m'étais laissé prendre au piège de nos folles sorties, du tourbillon des fêtes, des facéties de Paul, mais ces derniers jours mes pensées allaient sans cesse vers Peter. Peter qui ne tarderait pas à rentrer. Et ce retour, je le désirais de toutes mes forces. Peter avait su conquérir mon cœur. Paul représentait le divertissement, la vie, l'esprit, le rire... Mais mon âme appartenait à Peter. Je l'avais compris ces derniers jours. Oui, j'avais compris qu'il me fallait davantage que des quadruples sauts périlleux et des plaisanteries. J'avais besoin de la solidité de Peter, de sa force, de sa tranquillité, de sa présence, pour combler les vides que Roger n'avait jamais su remplir.

— Je ne sais quoi dire, Paul. Moi aussi je t'aime... (Là, je m'interrompis ; je lui devais d'être honnête.) Mais peut-être pas suffisamment. Et puis nous aurions un tas d'obstacles à surmonter. La vie avec un Klone n'est pas facile. Nous serions vite mis au ban de la société si jamais les gens découvraient notre secret. Nous serions traînés dans la boue.

C'était la vérité, une vérité triste, mais que tous deux connaissions. J'avais longuement réfléchi. Son offre était tentante, sans aucun doute. Mais avec Peter, s'il le voulait aussi, j'allais avoir une vraie vie.

— J'aimerais t'épouser, Steph, murmura-t-il. Lui ne le fera jamais.

Il n'avait pas tort. Peter m'aimait, mais la peur de s'engager était la plus forte.

— Je le sais, répondis-je calmement. Mais je suis amoureuse de lui. Le mariage m'importe peu. Je suis déjà passée par là, et qu'est-ce que cela m'a apporté ? Des déceptions. J'ai épousé Roger et ce fut un échec. Le mariage n'est pas une garantie. Ce n'est qu'une promesse, un acte de foi, un symbole d'espoir.

Ce n'était déjà pas si mal. Mais la vie m'avait appris aussi qu'il s'agissait souvent d'un mauvais marché. Il y avait toujours l'un des deux qui aimait vraiment et l'autre qui, un jour ou l'autre, s'éloignait.

— Eh bien, cette promesse, tu ne l'obtiendras jamais de lui, s'indigna Paul. S'il devait choisir, il préférerait que tu m'épouses, moi. Parce que s'il t'aimait, il n'aurait jamais accepté que je prenne sa place quand il est en voyage. Il n'aurait pas accepté que je sois dans ton lit, que nous nous aimions pendant des heures et que nous fassions des doubles sauts périlleux, sans parler des quadruples.

— Oui, peut-être, admis-je tristement. Mais cela ne change pas mes sentiments pour lui.

— Tu t'es déjà fait avoir une fois avec Roger. Ne te laisse pas avoir deux fois.

— Trop tard...

— Steph, tu pourrais avoir une vie formidable, si tu voulais.

Mais je ne voulais pas. En dépit de mon attachement à Paul, je refusais de confier mon existence à un Klone, si séduisant et si drôle fût-il. Il y avait trop de différences. Son éducation, son mauvais goût, ses plaisanteries douteuses me hérissaient. Je n'envisageais pas de finir mes jours auprès de quelqu'un qui jouait aux charades dans un salon de la meilleure société et qui ne trouvait rien de mieux que de mimer le mot *pet*.

— Tu risques de tout rater, Steph. Toutes tes amies t'envieraient.

— C'est déjà fait... Tu es le meilleur.

Je lui souris, je soupirai, puis décidai de lui dire la vérité.

— Ecoute, Paul, je crois que je vais le quitter.

Des larmes emplirent mes yeux. Paul me dévisageait, éberlué. Il me tendit un Kleenex, en prit un, et nous nous mouchâmes en chœur. Il pleurait facilement, et cette caractéristique était due à une imperfection de ses circuits, ce qui ne l'empêchait pas d'être émouvant.

— Quand ? demanda-t-il.

— Bientôt. Probablement après les vacances de Noël.

J'avais longtemps tourné et retourné cette question dans ma tête. J'avais décidé que Peter devait être le premier à l'apprendre, c'était pourquoi j'avais caché ma décision à Paul. Mais tout compte fait, il était impliqué, lui aussi. Cela voudrait dire qu'il ne me rendrait plus visite. Comment ferais-je ? Si je renonçais à Peter, je perdais Paul. Inévitablement... J'avais encore du mal à accepter cette solution, mais je n'en voyais pas d'autre. J'aimais Peter, et Paul me fascinait. Ils constituaient une sorte de drogue à laquelle je m'accoutumais chaque jour un peu plus. Et je les appréciais tous les deux... J'avais conscience de vivre une situation malsaine. En dépit de mon grand amour pour Peter, cela ne pouvait durer. Si je ne voulais pas devenir folle, il m'était impossible de rester avec Paul chaque fois que Peter partait. Même si cela ne les dérangeait pas, je n'étais plus d'accord. Que penseraient plus tard mes enfants ? Je ne savais plus où j'en étais. Mon esprit partait à la dérive. La confusion s'emparait de moi.

— Steph, en es-tu sûre ?

— Bien sûr que non, chuchotai-je, tandis que des larmes roulaient sur mes joues Comment pourrais-je le quitter ? Il est si merveilleux. Et je l'aime tant...

Plus que de raison. Mais à quoi cela servirait-il de

continuer ? A quoi rimait un avenir où je le regarderais partir et revenir, me consolant avec Paul, et sombrant inéluctablement dans la folie ? Si eux ne voyaient pas le problème, il fallait maintenant que je le leur explique. Après tout, Paul n'était qu'un Klone. Et Peter n'était qu'un homme : l'instigateur de cet imbroglio qui, visiblement, lui convenait à merveille. Cela lui permettait de me voir chaque fois qu'il passait par New York, puis, chaque fois qu'il partait, de m'envoyer Paul. C'était l'arrangement idéal pour lui. Pas pour moi. Il aurait été plus sain que je vive seule avec mes enfants, en attendant qu'il revienne de voyage.

— Ne te précipite pas, Steph, me conseilla Paul, alors que le sommeil nous engourdissait tous les deux. N'oublie pas que si tu le quittes, tu me perds aussi.

— Je sais.

Cette idée m'attristait au plus haut point. Nous essayâmes le quadruple saut périlleux dès que j'arrêtai de pleurer, et je faillis me briser les côtes. Peu après, je somnolais à son côté, quand je le sentis qui glissait une bague à mon annulaire gauche.

— Qu'est-ce que tu fais ?

Heureusement, il ne pouvait voir mon expression alarmée dans le noir. J'espérais secrètement que c'était une bague qu'il avait trouvée dans une pochette-surprise et qui ne nous engagerait à rien, mais, le connaissant, j'en doutais. Je rallumai ma lampe de chevet.

Mon souffle se bloqua dans ma poitrine. A mon doigt brillait le rubis le plus magnifique que j'avais jamais vu. Quarante carats en forme de cœur.

— Paul, non, tu ne peux pas faire ça. C'est impossible. C'est trop, vraiment trop...

Mon indignation était sincère.

— Ne t'en fais pas, Steph, sourit-il. C'est lui qui paie.

Naturellement ! Mais ce fabuleux bijou dépassait de loin toutes les folies qu'il avait faites jusqu'à présent. Je le dévisageai d'un air interrogateur. Paul, souriant, secoua la tête.

— N'aie crainte. Ce n'est pas une bague de fiançailles. C'est un simple cadeau de Noël... en souvenir de moi...

Des larmes brillèrent dans ses yeux. Je l'embrassai.

— Oh, Paul, je t'aime.

A ce moment-là, je me moquais qu'il soit un Klone. Il était l'homme le plus beau, le plus gentil, le plus doux, le plus sexy de la terre. Plus encore que Peter.

— Moi aussi, je t'aime, ma chérie. Je voudrais que tu prennes soin de toi, quand je serai loin. Ne le laisse pas abuser de ta naïveté. Ni te briser le cœur. Il te rendra folle, si tu ne fais pas attention.

— Il m'a déjà rendue folle. Et toi aussi.

A ceci près que Paul me récompensait. Ses présents valaient bien les soucis qu'il me créait. Je fis miroiter l'énorme rubis à mon doigt.

— Voilà l'ennui, murmurai-je en pensant tout haut.

— De quel ennui parles-tu ? Des bijoux ?

— Non, du fait que vous me rendez folle tous les deux. Ou alors, je l'étais déjà. Et c'est pourquoi il m'a remarquée à Paris.

Paul savait un tas de choses sur Peter. Sur son intelligence, par exemple. La seule chose qu'il ignorait, c'était s'il m'aimait. Car si c'était le cas, pourquoi voudrait-il me partager avec un Klone ? Cette attitude révélait plus que de l'amour-propre. Plus que l'envie de montrer une invention unique au monde.

De mon côté, je me posai l'obsédante question de savoir s'il ne voulait pas se débarrasser de moi en m'incitant à épouser Paul. Mais quels que fussent ses desseins, mon cœur me murmurait que l'amour de ma vie était Peter et que j'aimais Paul aussi, mais à un degré moindre.

De nouveau, les mêmes interrogations se bousculèrent dans ma tête. Machinalement, j'entourai Paul de mes bras, sans avoir ôté la superbe bague. Je posai la tête sur son épaule et sombrai lentement dans un sommeil réparateur. Mais ce fut de Peter que je rêvai toute la nuit... et pas de Paul.

10

Après nos aveux nocturnes, notre émotion ne fut que plus forte, le lendemain, quand Paul me fit ses adieux. Cette fois-ci, nous n'avions plus la certitude de nous revoir. Je ne pouvais rien lui promettre, et il le savait.

— Dans quelques heures, on m'aura retiré la tête et on verra les fils pendre par l'ouverture, dit-il lugubrement. Rien que d'y songer, j'en ai des sueurs froides.

Puis, me dévisageant avec une infinie tendresse :

— Je ne veux que ton bonheur, Steph... c'est tout. Fais ce que tu as à faire.

Sa sincérité me toucha.

— Pourrai-je continuer à te voir si je le quitte ?

A présent, tous mes sentiments avaient régressé au profit d'un seul : l'inquiétude. Je m'inquiétais constamment de tout : de ce que j'avais dit, de ce qu'il adviendrait de nous. Je me sentis affreusement mal quand je le vis secouer la tête, les yeux brillants de larmes.

202

— Non, ce sera impossible. Cela ne marche pas comme ça. Je ne peux que le remplacer... Je n'ai pas le droit de te voir de ma propre initiative.

— Mais hier soir, tu... tu m'as demandée en mariage...

La confusion se mêlait à l'inquiétude. Peter faisait-il partie de ce projet, également ? Pensait-il aussi à la place de Paul ? Celui-ci esquissa un pauvre sourire.

— Je me moquais de moi-même, Steph. Même si on se mariait, je resterais toujours dépendant.

Il ne m'avait jamais menti et il n'allait pas commencer maintenant.

— Je dois te partager avec Peter, même si tu me préfères à lui.

— Oui, parfois, j'ai l'impression de t'aimer davantage, Paul.

Mais la plupart du temps, mon cœur battait pour Peter.

— Je pense que tu es vraiment amoureuse de lui, Steph. Tu pourrais lui en parler, tu sais.

— Et il aurait la peur de sa vie, répondis-je tristement.

Lui déclarer mon amour ? Pour quoi faire ? Notre relation fonctionnait parfaitement ainsi. Il n'y avait aucune raison de demander plus. Si on tire trop sur la corde, à la fin elle casse. Je ne voulais pas aller à l'encontre de cet adage.

— C'est Charlotte qui a raison, affirma Paul. Peter est un vieux ringard. Bah, vous finirez bien par vous redécouvrir. La vie est trop courte pour qu'on en gaspille une minute... Surtout une minute avec moi. Cela me rend malade de savoir que durant des mois, je vais croupir dans un entrepôt, la tête sur une étagère, pendant que vous vous acharnerez à vous détruire. Essaie au moins de le convaincre de tenter le triple saut périlleux. Mais il est vraiment nul ! Il pourrait se faire mal. Sois prudente.

Il s'efforçait de dissimuler sa tristesse sous de l'humour. Ce disant, il partit dans sa chambre. Lorsqu'il réapparut, vêtu d'un pantalon en daim noir, d'une veste noire à paillettes et de boots en croco noir à talons, je retins un cri de surprise. Jusqu'alors je ne l'avais jamais vu habillé aussi sobrement.

— Je suis malheureux de te quitter, Steph, sans savoir quand nous nous reverrons. Si toutefois cela arrive.

— Aie confiance.

Je lui adressai un sourire espiègle. Comment pouvait-on quitter un homme qui avait un Klone aussi parfait que Paul ?

— Je ne sais pas si je pourrai renoncer à vous deux... Je suis prise à mon propre piège. J'irai sûrement revoir le Dr Steinfeld mais, comme tu le sais, une psychanalyse peut durer une éternité.

— S'il te plaît, n'y va pas. Tu n'as besoin d'aucun médecin. Tu sais ce que tu veux.

Il hocha la tête, avec un triste sourire.

— Prends soin de toi, lui dis-je, tandis qu'il m'embrassait pour la dernière fois.

Le rubis miroitait à mon annulaire. Je le porterais toute ma vie, je le lui avais promis.

— Embrasse les enfants pour moi.

Ils étaient à l'école. Paul se retourna une dernière fois pour me regarder, pendant que le portier empilait ses bagages dans l'ascenseur.

204

— Sois heureuse, ma chérie. Quelle que soit ta décision.

La porte de l'ascenseur se referma avant que je puisse répondre. J'entendis la cabine descendre et j'écrasai une larme. Déjà, il me manquait.

Et peu après, alors que je roulais vers l'aéroport dans une Tornado violette de location, choisie par Paul, ses derniers mots résonnaient encore à mes oreilles. Où était-il maintenant ? Lui avait-on dévissé la tête ? Avait-on sorti les fils de son corps ? Il allait subir un examen approfondi. Certains problèmes s'étaient présentés durant la semaine... Un mince filet de fumée s'échappait de temps en temps de son oreille gauche et de sa narine droite, et je me posais des questions sur la gravité de son état.

Je me tenais donc devant la porte de débarquement, attendant Peter, et mes pensées se tournaient vers Paul. Je n'avais jamais eu une liaison aussi compliquée... A côté, mon histoire avec Roger était un conte pour enfants. On pouvait reprocher à mon ex-époux d'être ennuyeux. Quand il ne dormait pas, il regardait la télévision. Il lui arrivait même de se gaver de feuilletons à l'eau de rose, même s'il n'avait jamais voulu l'admettre et s'il zappait rapidement quand j'entrais inopinément dans la pièce. Peter et Paul étaient tout sauf ennuyeux. Pire encore, ils se complétaient à merveille. Ensemble, ils constituaient un seul et même homme. Et quel homme !

Perdue dans mes pensées, je ne vis pas Peter arriver. Je ne me rendis compte de rien, jusqu'à ce qu'il soit devant moi. Il m'attira dans ses bras, m'embrassa, puis me repoussa doucement, afin de mieux m'observer.

— Comment vas-tu ? demanda-t-il en me scrutant attentivement, comme s'il s'attendait à de grands changements.

Mais je n'avais pas changé. J'étais la même. Et j'étais aussi amoureuse de lui que l'été dernier. Il portait un blazer sur un col roulé gris, un pantalon de flanelle grise, de nouvelles chaussures Gucci. Il avait aussi une nouvelle coupe de cheveux, et semblait aussi séduisant, aussi fort et sexy que lors de notre première rencontre.

— Je me faisais du souci pour toi, dit-il.

— Je vais bien.

Pourtant, j'avais le dos en capilotade après deux semaines de triples et, occasionnellement, de quadruples sauts périlleux.

— Comment était la Californie ?

— Toujours la même...

Nous nous dirigeâmes vers le tapis roulant où se trouvaient ses bagages, et il se mit à me raconter son voyage. A mon grand étonnement, il ne posa aucune question sur Paul. Mais, arrivés au parking, il remarqua la bague de rubis en forme de cœur.

— Qui t'a donné ce joyau ? fit-il, les traits crispés.

Il n'avait nul besoin d'être extralucide pour deviner qui m'avait offert ce présent. Et qui l'avait payé.

— C'est un cadeau de toi, répondis-je avec calme.

Il ne fit aucun commentaire mais un soupir excédé lui échappa quand il aperçut la Tornado violette.

— Qu'est-ce qui t'a pris de choisir cette couleur ?

— C'était le seul modèle qui restait.

— Combien de temps la Jaguar restera-t-elle au garage ?

— Trois mois.

— Il ne l'a pas fait repeindre, j'espère.

J'hésitai une seconde avant d'incliner la tête.

— Si... en bleu pervenche. Une nuance vraiment très jolie.

— Pourquoi pas en orange ou en jaune citron ? grogna-t-il, irrité, tout en jetant ses valises pêle-mêle dans le coffre.

— Paul a pensé que tu préférerais le bleu.

— J'aurais préféré qu'il ne la conduise pas quand il te rend visite, grommela-t-il en se glissant derrière le volant de la Tornado. Et du reste, j'aurais préféré qu'il ne te rende pas visite du tout. Il cause un tas d'ennuis et il exerce une mauvaise influence sur les enfants.

— Tout dépend de toi, dis-je suavement.

Il était d'une humeur de dogue. Probablement à cause de la Jaguar.

— Oui, tout dépend de moi, répéta-t-il sèchement.

Il se détendit un peu à la maison, une fois que je lui eus massé le dos et les épaules. Il se plaignait d'un torticolis. La tension, sans aucun doute. Je n'étais pas en meilleur état. Ma confusion ne faisait que s'aggraver. Aller de l'un à l'autre de ces deux hommes telle une balle de ping-pong ne représentait pas précisément l'existence idéale. Cette nuit-là, je ressemblais à une somnambule au bord d'un précipice. J'avais l'impression d'avoir besoin d'un conseiller plutôt que d'un compagnon. On aurait dit que Peter n'était jamais parti et que Paul n'avait jamais existé. Bizarre ! J'étais follement amoureuse de celui des deux qui était avec moi tandis que mon amour pour l'absent diminuait. A ce moment précis, un profond attachement me liait de nouveau à Peter... Le soir, il prépara le dîner : omelette et salade. Il se comportait comme s'il ne nous avait jamais quittés. Les enfants ne montraient plus aucun étonnement de le découvrir en costume trois pièces ou en combinaison de satin métallisé. Ils s'étaient habitués à ces transformations qu'ils mettaient sur le compte du stress, et à ces sautes d'humeur dues à des problèmes de travail.

Lorsqu'ils allèrent se coucher, je partis dans ma chambre. Peter, qui m'avait suivie, me regardait, les yeux brillants de désir. Je savais ce qu'il avait en tête. Et je pensais à la même chose, mais je tins à le prévenir que, ce soir, le double saut périlleux était exclu, en raison de mon mal de dos. Il claqua la porte de la salle de bains où il s'enferma sans un mot. Il détestait que l'on fasse allusion à Paul.

J'entendis le jet de la douche. Peter ressortit peu après. Il avait enfilé son pyjama bleu marine que j'avais lavé et soigneusement repassé le matin. J'avais fermé la porte de la chambre à clé. Nous parlions à voix basse afin de ne pas réveiller les enfants et, quand nous fîmes l'amour, il commença enfin à se détendre. En me tenant enlacée, il poussa un soupir, puis me dit que je lui avais manqué. Je savais avec une absolue certitude que mon cœur lui appartenait. Paul était peut-être plus amusant, mais ma relation avec Peter avait acquis, dans mon esprit, une importance beaucoup plus grande. Et plus profonde.

Mais la transition entre mes deux amants n'était pas chose aisée. Peter partit à trois heures du matin. Mes pensées étaient uniquement tournées vers lui.

J'étais certaine que c'était lui mon véritable amour. Pourtant j'avais peur. Je craignais que Paul m'aime. Et pas Peter.

— Je t'appellerai demain matin, murmura ce dernier avant de s'en aller.

Je m'endormis d'un seul coup, avant même qu'il n'ait refermé la porte. Et, dans mes songes, les deux hommes se confondaient, chacun me tendant la main, sans que je sache à qui donner la mienne.

Le lendemain matin, le soleil qui se déversait à flots dans ma chambre me réveilla. Une pointe de tristesse m'écorcha le cœur lorsque, me retournant, je ne vis pas Paul dans le lit. Je sus alors que, à un moment donné de la nuit, je l'avais perdu.

De retour chez moi à l'heure du déjeuner, Peter me trouva un air triste. Je l'assurai que j'allais on ne peut mieux. Je repensais, pourtant, aux dernières paroles de Paul. Et plus que jamais, j'avais conscience de mes faiblesses. Il n'était pas facile de passer de l'un à l'autre. A peine me sentais-je à l'aise auprès de Peter que je devais m'adapter à la présence de Paul. J'avais beau adorer Peter, j'avais du mal à accepter la situation qu'il m'imposait. Aimer à la fois l'homme et son Klone, c'était trop me demander. En discuter avec Peter n'aurait servi à rien, nous le savions tous les deux. Je ne voulais pas heurter ses sentiments mais toute cette histoire me semblait absurde. Combien de temps pouvait-elle durer ? Je l'ignorais. Pourtant, je considérais que Peter était un précieux cadeau que le destin m'avait offert. Le tournant de mon existence.

— Il te manque, n'est-ce pas ? demanda-t-il,

l'après-midi, alors que nous nous promenions dans Central Park.

La neige s'était remise à tomber, il faisait un froid glacial.

Je me tournai vers lui et j'acquiesçai. Oui, il me manquait. Mais il n'était qu'un Klone. Un assemblage de fils et de puces d'ordinateur habillé de satin fuchsia. Peter avait un cerveau, un cœur, une âme... et un goût plus sobre en matière de vêtements... Oui, c'était lui que j'aimais.

— Je n'ai pas cessé d'y penser hier, pendant le vol, dit-il tranquillement. Je n'ai pas été très juste vis-à-vis de toi.

Non, bien sûr, mais quel homme pouvait se targuer d'être juste ? Roger peut-être ? Non, personne. Au moins, Peter se remettait en question, ce n'était déjà pas si mal.

— Je ne m'en plains pas, répondis-je.

Je m'étais plainte à Paul, pourtant. Je m'étais ouverte à lui, accusant Peter d'insensibilité.

— Quelle est la signification de cette bague ? S'agit-il de quelque chose de spécial ? Ou d'un cadeau de plus ?

Une profonde inquiétude assombrissait ses yeux. Les flocons de neige, comme des papillons blancs, se posaient sur ses cheveux et sur le bout de son nez. Il avait cessé de marcher et me scrutait d'un regard interrogateur. D'un air tourmenté.

— Un simple cadeau de plus.

Je revis Paul me glissant la bague au doigt. Depuis, je ne l'avais pas ôtée.

— Est-ce qu'il t'a demandée en mariage ?

Un long silence suivit. J'hésitai. Paul n'aurait

sûrement pas apprécié que je divulgue ses secrets. Mais Peter avait droit à ma loyauté. J'inclinai la tête en silence et nous reprîmes notre marche.

— Je m'en doutais. Et que lui as-tu répondu ?

Il avait pâli. Mais il avait le droit de savoir.

— Que je ne pouvais pas épouser un Klone, déclarai-je en toute simplicité.

Peter s'arrêta à nouveau. Il me regarda, tandis que la neige tourbillonnait autour de nous.

— Pourquoi pas ? demanda-t-il.

— Tu le sais aussi bien que moi. On ne se marie pas avec un Klone. Il n'est qu'un ordinateur, une machine, une invention. Bref, il n'est pas humain. Oh, écoute ! C'est ridicule d'en parler.

On n'aime pas une illusion, un mirage.

Mais Peter se confina dans un étrange silence, sur le chemin du retour à la maison. Il me quitta sur le seuil de l'immeuble. Il allait rentrer chez lui, dit-il. Il m'appellerait plus tard. A l'heure du dîner, il n'avait toujours pas appelé. Les enfants étaient avec Roger pour le week-end. Je composai à plusieurs reprises le numéro de téléphone de Peter. Il ne décrocha pas. Je lui laissai plusieurs messages sur son répondeur, puis je m'assis dans l'obscurité de ma chambre, les yeux fixés sur la fenêtre. Les flocons de neige dansaient devant la vitre. Où était-il ? Que nous arrivait-il ?

Ce soir-là, il ne donna pas signe de vie. Il m'appela le lendemain matin. D'une voix étrangement froide. Il avait reçu un appel téléphonique de Californie et il partait ce matin même. Non, inutile que je l'accompagne à l'aéroport. Il rentrerait dans quelques jours.

— Avant Noël.

C'était vague. Le ton de sa voix me fit peur. Il semblait soudain si distant.

— Quelque chose ne va pas ?

— Non. Il s'agit d'une assemblée extraordinaire que je ne peux pas manquer.

Il ne me donnait pas d'autre explication.

— Je veux dire : « Quelque chose ne va pas entre nous ? »

Ma voix se brisa. Il n'avait jamais été aussi froid. On aurait dit une personne différente.

— Je ne sais pas ; peut-être. Nous en reparlerons à mon retour.

— Je ne veux pas attendre aussi longtemps.

Mais je savais déjà. Je l'avais compris au son de sa voix. Sa voix, qui avait sonné le glas de notre idylle. C'était la fin. Et, cette fois-ci, il ne se donnerait pas la peine de m'envoyer Paul. Peter s'apprêtait à se retirer dans son propre monde ; un univers où il n'y avait aucune place pour moi.

— J'ai besoin de prendre du recul, reprit-il de la même voix glaciale, alors que la neige habillait de blanc les vitres. De réfléchir. Je te reverrai dans quelques jours. Ne t'inquiète pas si je n'appelle pas.

Je fondis en larmes quand la communication fut terminée. Mais non, voyons ! Il n'y a pas de raison que je m'inquiète, Peter ! Je connais la chanson. Le recul, le besoin de réfléchir. Dis plutôt qu'il y a une autre femme dans ta vie. Voilà pourquoi tu repars si vite en Californie, espèce de traître. C'est une superbe blonde qui t'a passé le fameux coup de fil, pas ta société. Une autre Helena.

Tout l'après-midi, je restai seule dans l'appartement vide, passant et repassant notre histoire dans ma tête. Qu'est-ce qui n'avait pas marché ? Que lui avais-je fait ? Pourquoi était-il devenu si froid, si furieux ? Nous étions ensemble depuis très exactement cinq mois, un laps de temps qui me parut soudain aussi mince qu'un fil de soie. Une goutte dans l'océan. Une seconde devant l'éternité. Rien ne m'autorisait à envisager une vie commune. Je me demandai si je le reverrais, s'il reviendrait pour Noël, comme il me l'avait promis, ou s'il n'aurait pas recours à un subterfuge. Son « nous en reparlerons à mon retour » manquait singulièrement de conviction. Un nouveau chagrin d'amour se profilait à l'horizon. J'aurais une fois de plus le cœur brisé. Avant Noël, avec mon manque de chance habituel.

J'attendais les enfants à cinq heures et demie. A cinq heures, la sonnette de l'entrée carillonna. Ils étaient en avance. J'allai ouvrir la porte, triste à mourir. Je ne pensais qu'à Peter. Le battant dévoila Paul, qui secouait la neige de son manteau de vison. En dessous, il portait un sweater de chez Versace d'un rouge chatoyant sur un pantalon en stretch rouge, et des bottes en croco rouge. Ainsi, finalement, Peter l'avait envoyé. L'espace d'un instant, un immense soulagement m'envahit. Du moins, je ne serais pas seule.

— Salut, l'accueillis-je d'une voix lugubre.

Il me souleva dans ses bras et se mit à valser, jusqu'à ce que la tête me tourne. Il me reposa sur mes jambes vacillantes, retira ses gants argentés ornés de petites queues d'hermine et les jeta à mes pieds. Je remarquai qu'il avait renouvelé ses bagages. Les valises en croco pourpre Hermès avaient été remplacées par des malles rouge vif Vuitton, imprimées de ses initiales, P.K., en minuscules diamants incrustés dans le cuir.

— Tu n'as pas l'air heureuse de me revoir, dit-il, déçu, en ôtant son manteau.

Il ne se trompait pas. Je n'en pouvais plus de jouer ce jeu extravagant. Je lui avais fait mes adieux deux jours plus tôt, je m'étais habituée à l'idée que je ne le reverrais plus. Mon cœur s'était ensuite tourné vers Peter. Et c'était à lui que je songeais, tandis que je regardais Paul. Et, pour la première fois, je regrettais sincèrement qu'il soit là.

— Il est parti, murmurai-je, et deux larmes roulèrent sur mes joues.

La nostalgie de mes vieilles chemises de nuit en pilou me submergea, ce qui était toujours mauvais signe. Je n'étais pas d'humeur à m'amuser. Encore moins avec Paul. C'était trop dur à vivre. Je me trouvais dans une porte à tambour qui tournait éternellement sans jamais s'arrêter. Mon cœur avait cessé de battre dès l'instant où j'avais aperçu Paul. Car maintenant je savais, sans le moindre doute, que Peter se fichait éperdument de moi, puisqu'il m'envoyait son Klone Et que Paul, malgré toute sa bonne volonté, était incapable de le comprendre Alors que, pour une fois, j'avais saisi cinq sur cinq le sens du message.

— Et c'est pourquoi tu es bouleversée ! conclut Paul, joyeusement, tout sourire.

Il se dirigea vers la cuisine, indifférent aux traces de neige qu'il laissait sur son passage, ouvrit le placard où se trouvait d'habitude le bourbon, en sortit une bouteille de vodka. En une minute, il avala deux verres, se servit un troisième. C'était une première. Je ne l'avais encore jamais vu boire de vodka.

— Peter m'a dit que je te manquais terriblement, expliqua-t-il, tout heureux, en m'enveloppant d'un regard tendre.

Il déambulait dans ma cuisine, comme s'il était chez lui, sachant pourtant que cela m'agaçait prodigieusement. Après tout, il n'était qu'un Klone. Je ne lui appartenais pas.

— Je regrette qu'il t'ait envoyé ici, Paul, lui dis-je avec franchise. Je ne suis pas d'accord. Et je ne pense pas que tu devrais rester.

— Ne sois pas bête.

Il s'assit sur une chaise et se servit une nouvelle rasade de vodka.

— Il n'est pas l'homme qu'il te faut, Steph. Il te déprime. Il n'y a qu'à voir la façon dont il s'habille.

Lui-même, tout de rouge vêtu, ressemblait à une fraise géante.

— *J'aime* les vêtements de Peter, le défendis-je farouchement. Je les trouve à la fois virils et sexy.

— Depuis quand la flanelle grise est-elle sexy ? ricana-t-il en passant la langue sur ses lèvres imprégnées de vodka. Ma chère petite, la flanelle grise n'a jamais eu une once de sensualité. Je ne connais pas de tissu moins érotique.

— Je l'aime ! m'écriai-je de l'autre bout de la cuisine, les mains sur les hanches.

Comment avais-je pu m'enticher de ce pantin, de ce personnage de bande dessinée ? Il haussa les épaules.

— Non, Steph, tu ne l'aimes pas. C'est moi que tu aimes, tu le sais parfaitement.

— J'aime ta compagnie. Je m'amuse avec toi. Tu es drôle et divertissant...

— Et fabuleux au lit, ajouta-t-il, émoustillé par l'alcool. Ne l'oublie pas.

— Les figures acrobatiques n'ont jamais fait les bons amants, rétorquai-je calmement. Je n'ai jamais eu l'ambition de finir dans un cirque.

— Cesse donc de lui chercher des excuses. Nous connaissons tous les deux ses capacités amoureuses. Il est lamentable.

— Oh, non ! criai-je, soudain en colère. C'est toi qui es lamentable. Tu crois que tu peux débarquer chaque fois qu'il part, m'infliger quelques sauts périlleux, boire comme un trou, et me ridiculiser devant mes amis. Et tu as la prétention de penser que tu me plais tellement que j'en oublie Peter. Eh bien, tu te trompes. Je ne peux pas l'oublier. Je ne veux pas. Il ne m'aime plus, mais cela n'a pas d'importance. Moi je continuerai à l'aimer.

— Pauvre idiote !

Il semblait profondément offensé. Ses circuits trop sensibles rendaient son ego vulnérable.

— D'ailleurs, tu as raison, reprit-il méchamment. Il ne t'aime pas. Il ne sait pas aimer. C'est pourquoi il m'a créé. Il voulait que je lui serve de faire-valoir. Tel est mon triste sort. Regardons les choses en face, Steph. C'est grâce à moi qu'il te semble paré de toutes les qualités... Sans moi, il n'est rien.

— Et sans lui, tu n'existes pas.

Paul en eut le souffle coupé, comme s'il avait reçu une gifle. Ma phrase avait jailli malgré mes efforts pour la retenir. Mais je tenais à être honnête. Il le fallait pour mon équilibre. J'éprouvais une immense tendresse à son égard, il me plaisait infiniment, je me faisais du souci pour lui. Mais, ces deux derniers jours, j'avais enfin découvert ce que je soupçonnais depuis longtemps. Je ne l'aimais pas. J'aimais Peter. Totalement, aveuglément, profondément... Oui, Peter, qui ne s'en rendait pas compte.

— Tu froisses mon amour-propre, Steph, dit Paul, mortifié.

De nouveau, il saisit la bouteille de vodka et but à même le goulot. Il reposa la bouteille, secoué par un de ces hoquets bruyants qui, autrefois, m'amusaient tant.

— Désolée, Paul. Il fallait que tu le saches.

— Je ne te crois pas. Et Peter non plus. Il est convaincu que tu m'aimes.

— Qu'est-ce qui te fait penser cela ?

— Il me l'a dit, affirma Paul vaillamment. Il m'a appelé juste avant son départ pour San Francisco.

— Oui ? Et qu'a-t-il dit exactement ? demandai-je, pleine de curiosité.

Que pouvaient-ils se raconter me concernant ? Aucune femme ne supporte que ses deux amants parlent d'elle.

— Eh bien, d'après lui, tu as été déprimée depuis qu'il est revenu. Alors, il a décidé de repartir. Il commençait à trop s'attacher à toi. Mais il pensait que c'était moi que tu aimais... Alors il m'a renvoyé ici à seule fin de voir combien je t'avais manqué. (Un sourire triomphant illumina ses traits.) Car je t'ai manqué, n'est-ce pas ?

— Oui, tu me manques toujours. J'étais triste à l'idée que je ne te reverrais plus.

Le Klone parut désarçonné.

— Et pourquoi ne m'aurais-tu plus revu ?

— Tu le sais bien, Paul. Parce que je songeais à le quitter. Nous en avons déjà parlé.

— Et pourquoi voulais-tu le quitter puisque tu jures sur tes grands dieux que tu l'aimes à en mourir ?

— Parce que lui ne m'aime pas. Parce que je ne peux pas jouer éternellement à votre petit jeu pervers : coucher avec vous deux. C'est indécent, à la fin. Et j'ai du mal à m'y faire. Un jour j'essaie de t'empêcher de foncer dans les bus de la Cinquième Avenue avec la Jaguar, et le lendemain je me force à une attitude respectable parce que Peter est là. Je fais tout pour devancer ses désirs mais, quels qu'ils soient, je crains de ne pas en faire partie... C'est tout juste s'il m'a dit au revoir avant de partir pour la Californie.

— Forcément. Il sait que nous sommes faits l'un pour l'autre.

— Toi, tu es fait pour le laboratoire ; quant à moi, j'ai peur d'être bonne pour l'asile.

J'étais faite pour vivre avec Peter, j'en étais convaincue. S'il voulait bien de moi, je resterais près de lui jusqu'à la fin des temps. Chose impensable, actuellement.

— Il ne veut pas s'immiscer entre nous, affirma Paul, plein de confiance.

— Alors, il est encore plus fou que toi.

Nous fûmes interrompus par les enfants, qui rentraient et se mirent à se plaindre de leur week-end avec Roger et Helena. Ils étaient tellement habitués à Paul — qu'ils prenaient toujours pour Peter — que ce fut à peine s'ils le remarquèrent, affalé sur sa chaise dans la cuisine.

— Beau pantalon, commenta Charlotte en se servant un soda.

Après ce bref aparté, elle poursuivit l'interminable liste de ses griefs : l'attitude inadmissible de cette grue d'Helena. Sa méchanceté. Sa bêtise. Son aspect dégoûtant, avec ses énormes seins, qui avaient encore grossi. Je lui ordonnai de montrer un peu plus de respect envers l'épouse de son père. En vain. Entre-temps, Paul avait disparu avec Sam. Je partis peu après à leur recherche et je faillis avoir une crise cardiaque en voyant Paul donner à Sam un iguane qu'il sortit de sa valise.

— Oh, mon Dieu ! hurlai-je. Qu'est-ce que c'est, ce monstre ?

— Il s'appelle Iggy, répondit Sam, débordant de fierté. Un ami de Peter l'a ramené du Venezuela.

Je paniquai.

— Eh bien, qu'il reparte dans sa forêt tropicale ! Tu ne peux pas garder cette horrible chose à la maison, Sam.

— Oh, maman, murmura mon fils, levant vers moi de grands yeux suppliants.

— Non, *jamais* !

Je me tournai vers Paul, hors de moi. Non seulement il avait débarqué chez moi sans y être invité, comme d'habitude, mais il avait apporté cette espèce de lézard répugnant.

— Va plutôt te faire faire des chaussures avec sa peau ! hurlai-je. Et si un seul iguane ne suffit pas pour fabriquer une paire, ton copain du Venezuela te trouvera sûrement son frère. Tu n'auras même pas à les peindre. Ils sont déjà verts. Et maintenant, remets ce machin immonde dans ta valise.

Paul saisit le reptile avec délicatesse et se mit à le bercer tendrement dans ses bras. Pendant ce temps, Sam, en larmes, me suppliait. Je ne voulus rien savoir.

— Ou tu le réexpédies au Venezuela ou tu pars avec. Adieu, Iggy !

Sur ce, je retournai dans la cuisine pour préparer le dîner. Bon sang, qu'allais-je faire avec lui ? Car, Iggy ou pas Iggy, cette fois-ci je savais sans le moindre doute que Paul ne devait pas rester. Je l'avais décidé.

J'étais en train de jeter des coquillettes dans de l'eau bouillante lorsque Paul réapparut, l'air grave.

— Tu m'as déçu, Steph. Tu as perdu ton sens de l'humour.

— J'ai mûri. Oh, tu ne peux pas comprendre. Tu n'es pas réel. Rien ne t'empêche de jouer Peter Pan toute ta vie. Pas moi. Je suis une femme adulte, avec deux enfants.

— Tiens, on croirait entendre Peter. Il débite toujours ce genre d'âneries. C'est pourquoi tout le monde le trouve si assommant.

— C'est peut-être aussi pourquoi je l'aime. Il n'aurait jamais apporté un tel cadeau à Sam, lui. Il lui aurait offert un poisson rouge ou un hamster. Un chien, tout au plus. Mais pas cette espèce de gros lézard hideux.

— C'est une splendeur. Et d'abord, comment sais-tu le genre de cadeau que Peter ferait à Sam ? Tu ne le connais même pas.

— Je le connais très bien. Et, crois-moi, il aurait tout offert à mon fils sauf un iguane.

— Je te demande pardon d'exister, marmonna-t-il, sortant d'un placard le sherry que j'utilisais pour mes sauces et mes gâteaux et éclusant d'une traite la moitié de la bouteille. Ai-je le temps de prendre une douche avant le dîner ?

— Non ! répondis-je sèchement. Et je te signale par la même occasion que tu ne restes pas ici ce soir.

— Pourquoi ? demanda-t-il, dérouté, réprimant de nouveaux hoquets. A propos, ce sherry est imbuvable.

— Alors, ne le bois pas.

— J'ai fini la vodka et tu n'as plus de bourbon.

— J'ignorais que tu viendrais. Peter boit seulement des Martini.

— Je m'en fiche pas mal... Et pourquoi donc ne puis-je pas rester ici ?

— Parce que je tourne la page. Peter était mécontent de notre relation. Je ne voudrais pas gâcher ma dernière chance, même si c'est lui qui t'a envoyé.

— C'est un peu tard pour le reconquérir, tu ne crois pas ? D'ailleurs, tu n'es même pas sûre qu'il t'aime.

Il devenait mesquin. La vodka peut-être. Ou le sherry.

— Là n'est pas la question. Quels que soient ses sentiments à mon égard, je connais les miens. Je l'aime. Et je refuse que tu dormes ici.

— Je ne retournerai pas à l'entrepôt, s'entêta-t-il. Je n'ai pas les clés et nous sommes dimanche.

— Tu n'as qu'à passer la nuit au Plaza. Tu dois encore avoir sa carte American Express, non ?

— D'accord. A condition que tu m'y accompagnes.

— Il n'en est pas question. Et puis je n'ai pas de baby-sitter.

Une odeur de brûlé interrompit cet interminable et stérile échange de propos. L'eau s'était évaporée et les pâtes formaient une masse noire, collée au fond de la casserole.

— Alors, je reste ! insista-t-il. Jusqu'à ce qu'il revienne de Californie.

Je le regardai droit dans le blanc des yeux.

— Ecoute, Paul, dis-je avec fermeté. Tu restes dîner si tu veux, puis tu t'en vas, d'accord ?

Je ne plaisantais pas. Charlotte, qui était entrée dans la cuisine un peu plus tôt, nous scruta tour à tour, une curieuse expression sur le visage.

— Qui est Paul ? demanda-t-elle, sûre que nous avions commencé un nouveau jeu. Et qu'est-il arrivé au dîner ?

— Il a brûlé ! annonçai-je, les dents serrées, alors que Sam arrivait à son tour dans la cuisine, l'iguane entre les mains.

— Sors cette chose d'ici ! criai-je.

Je jetai la casserole brûlée à la poubelle.

— Je te déteste ! rétorqua Sam, avant d'aller s'enfermer dans sa chambre avec Iggy.

— Tu devrais lui permettre de le garder, suggéra Paul gentiment. Iggy a une grande importance pour lui.

— Sors de ma vie !

J'étais au bord des larmes.

— Tu ne me laisseras pas, dit Paul, souriant à Charlotte. Ta mère a les nerfs en pelote chaque fois qu'elle fait la cuisine... Voulez-vous que je vous prépare un en-cas ?

Je pris une pizza surgelée dans le congélateur.

— Non, merci.

Il prit alors ses dés truqués et se mit à jouer avec Charlotte, pendant que je me frayais un chemin vers le four.

Il était neuf heures quand je servis le dîner. (Entre-temps j'avais réussi à brûler aussi la pizza.)

Il était dix heures passées lorsque je finis de nettoyer la cuisine. Sam dormait dans sa chambre, et quand j'allai l'embrasser, j'aperçus l'iguane sur son oreiller. Je battis en retraite et refermai précipitamment la porte sans bruit, afin d'éviter une évasion nocturne du monstre.

— Est-ce qu'il dort ? demanda Paul gentiment à mon retour dans la cuisine.

Il était en train de siroter le gin que je conservais précieusement pour Peter. Bah, cela m'importait peu, finalement. Peter avait dit qu'il fallait que « nous parlions », phrase fatidique qui, depuis la trahison de Roger, sonnait toujours comme une sentence de mort à mes oreilles. Lui aussi allait me quitter, si ce n'était déjà fait. Il n'avait pas eu le courage de me le dire. Je me remémorai son air calme lors de notre promenade dans le parc enneigé, puis son regard assombri quand il avait remarqué la bague de rubis.

Je me servis un gin-tonic sur des glaçons.

— Je croyais que tu ne buvais pas, observa Paul.

— C'est vrai. Mais un peu d'alcool me remontera le moral.

— Et si je te faisais un massage relaxant ?

— Et si tu allais dormir à l'hôtel avec ton iguane ?

C'en était trop pour une seule femme : deux dîners carbonisés, une idylle rompue, un lézard géant dans la chambre de mon fils, sans parler de ce Klone qui s'était bel et bien incrusté chez moi. Mes aventures sentimentales avec Paul m'avaient coûté Peter... Paul, qui n'était même pas humain ! Ma vie ressemblait à un gigantesque désastre. Je m'étais religieusement rasé les jambes pendant deux ans, j'avais banni les myrtilles de mes menus, j'avais enfin rencontré l'homme le plus séduisant de la planète et je m'étais débrouillée pour tout gâcher en m'amourachant de Robocop.

— Pourquoi ne reprendrais-tu pas rendez-vous avec le Dr Steinfeld ? proposa amicalement Paul tandis que je sirotais mon gin-tonic.

— Nous devrions tous y aller.

J'étais morte de fatigue. Je n'avais plus la force de poursuivre une conversation que je savais inutile. Je ne désirais qu'une chose : voir Peter dans ma cuisine à la place de Paul. Je jaugeai d'un œil hostile son pantalon rouge qui lui moulait les hanches et les cuisses.

— Ça ne te gratte pas, ce tissu pailleté ? Moi, je ne pourrais pas le supporter plus d'une seconde.

Lentement mais sûrement, je me saoulais, mais quelle importance ? Ma vie, mes rêves s'effondraient. En perdant Peter, j'avais tout perdu.

— Oui, ça gratte, convint Paul, indifférent à mon désespoir. Je vais enlever ce pantalon dans une minute.

— Pas ici ! me récriai-je, et il sourit.

— Non, bien sûr. Dans ta chambre.

Je me renversai contre ma chaise, les yeux clos, avec un soupir. Pourquoi Peter m'avait-il fait cela ? Pourquoi n'avait-il pas choisi une autre femme à Paris, une autre victime innocente à qui il aurait infligé son Klone ? J'étais amoureuse de Dr Jekyll et Mr Hyde. Dr Jekyll ne voulait plus de moi et Mr Hyde ne semblait pas prêt à débarrasser le plancher.

— Où est Charlotte ? s'enquit-il en se levant et en s'étirant.

— Au lit.

Elle était partie se coucher juste après Sam.

— Si tôt ?

— Je l'ai priée de ranger sa chambre. Il n'y a pas de somnifère plus puissant, apparemment, que cette perspective. Elle s'est endormie aussitôt.

Je terminai mon gin-tonic en silence. Il n'y avait pas l'ombre d'une chance que je puisse me libérer de mon hôte encombrant. Il ne me restait plus qu'à le laisser dormir chez moi une dernière fois avant de les jeter dehors, lui et son horrible iguane, le lendemain matin.

— Bon, tu peux dormir dans la chambre d'amis, déclarai-je du bout des lèvres.

La chambre d'amis était tout ce qu'il aurait. Le reste, mon corps, mon cœur, appartenait à Peter. A présent, c'était clair. Je n'allais pas succomber à la tentation et retomber dans le cercle vicieux bien connu. Mais soudain, je réalisai que la chambre d'amis débordait de cadeaux de Noël. Les ranger ailleurs nous prendrait des heures. Je les avais empilés là depuis trois jours. Je n'avais pas eu le temps de les emballer et il était hors de question que les enfants les voient. C'était tout juste si l'on pouvait apercevoir le lit, sous l'amas de paquets. Cette prise de conscience me plongea dans un profond désarroi.

— Je viens de réaliser qu'il est impossible de dormir là-dedans. Tu n'auras qu'à t'allonger sur le tapis de ma chambre.

— Je ne peux pas dormir par terre, expliqua-t-il avec une conviction absolue. Cela risque d'endommager mes circuits électriques.

— J'appellerai l'électricien demain. Tu n'as pas d'autre choix, Paul.

— Merci, Steph. Tu as vraiment un cœur d'or.

— De rien.

J'éteignis la lumière de la cuisine après avoir posé mon verre dans l'évier. Il me suivit vers ma chambre, et dès que je refermai la porte, il retira son pantalon rouge. J'évitai de le regarder. Ayant été fabriqué avec la plus grande précision, son corps, ses jambes étaient presque aussi parfaits que ceux de Peter. Je disparus dans la salle de bains où j'enfilai une chemise de nuit et une robe de chambre dont je serrai fortement la ceinture. J'aurais dormi dans ma combinaison de ski matelassée si j'avais pu, tant j'étais décidée à lui résister.

— Tu as froid ? s'étonna-t-il.

— Non. Je suis frigide.

Je m'étendis sur le lit, tandis qu'il allait se laver les dents. Elles étaient superbes, comme tout le reste. Blanches, régulières, faites de porcelaine ou de quelque matériau inconnu des profanes. Il n'avait même pas besoin de dentiste. Il n'avait pas la moindre carie et ignorait les rages de dents. Le veinard !

Lorsqu'il émergea de la salle de bains, je faisais semblant de dormir. J'étais allongée au bord du lit, après avoir éteint les lumières. J'attendais qu'il se couche par terre, autre signe de douce folie de ma part, car il n'en avait pas l'intention. Je le sentis se glisser près de moi. Pourvu qu'il ait passé le pyjama de Peter, priai-je. Un instant plus tard, je l'entendis gratter une allumette et une lueur minuscule troua l'obscurité. Je savais qu'il allumait les bougies, mais je ne remuai pas, feignant toujours d'être endormie. Ses mains se posèrent sur mes épaules et il se mit à les masser. Je restai immobile, silencieuse et tendue, le détestant pour sa gentillesse. Je savais ce qu'il avait en tête et pour une fois je me sentais farouchement déterminée à le repousser.

Le massage relaxant commençait à produire son effet. Sous ses doigts magiques, les nœuds de mes angoisses se dénouaient. Malgré moi, je laissai échapper un soupir de soulagement et roulai sur le ventre.

— Ça va mieux ? demanda-t-il dans la lumière dorée des bougies.

Le son de sa voix éveillait toujours mon désir. Ce soir, il me rendit triste. On aurait dit la voix de Peter... Il se rapprocha pour me masser les bras. Je me raidis.

— Ne t'avise pas de venir plus près ! J'ai un pistolet chargé dans la poche de ma robe de chambre.

— Alors, tire-moi dessus.

— La balle risque de détruire définitivement tes circuits.

Je fis abstraction de l'agréable sensation de ses mains sur les miennes. Mais je ne cédai pas. Je ne bougeai pas. Je ne tombai pas en pâmoison. Je pensais à Peter.

— A quoi penses-tu ? demanda-t-il en poursuivant le massage.

— A lui, avouai-je d'une voix étouffée. Il me manque. Tu crois qu'il va revenir ? Oh, il doit me détester.

— Il ne te déteste pas, répondit-il doucement. Il t'aime.

Je roulai sur le dos afin de mieux le regarder.

— Non, tu es sérieux ?

C'était le mot le plus gentil qu'il avait prononcé de toute la soirée. Mais c'était aussi une ruse pour que je me retourne, car il en profita pour m'embrasser.

— Non, murmurai-je, dans la lueur dansante des bougies, mais ses baisers couvrirent mon refus.

Ses mains glissèrent lentement sous ma chemise de nuit.

— Paul, non... je ne peux pas.

— Une dernière fois. S'il te plaît... Après tu ne me reverras plus, je te le jure...

Pour la première fois, je me dis qu'il ne me manquerait pas. Notre liaison était terminée.

— Non, il ne faut pas, continuai-je courageusement, essayant de l'écarter.

Bah, quelle différence ? Pourquoi pas une dernière fois, comme il avait dit ? En souvenir du bon vieux temps ? Et avant que je ne puisse l'arrêter, je le sentis en moi, alors que robe de chambre et chemise de nuit s'envolaient comme par un coup de baguette magique. Je cessai de me débattre. On dit bien que la chair est faible, et la mienne ne pouvait résister à l'appel de son désir. Au contact de ses mains. Au chant sauvage de nos deux corps entremêlés. Je savais que j'étais en train de tisser mes souvenirs. Que plus tard, je feuilletterais l'album jauni de mes rêves, quand Peter et Paul m'auraient abandonnée. Comme on se remémore ses erreurs de jeunesse.

Je m'abandonnai complètement, je m'ouvris à sa passion, et il me serra dans ses bras. Je le sentis prêt à prendre son élan pour un ultime quadruple saut périlleux. Et je souris, tandis qu'il me soulevait. Je crus que nous resterions suspendus dans les airs jusqu'au Jugement Dernier, puis il me sembla qu'il se déplaçait légèrement, comme pour rectifier notre direction et, alors, il se passa une chose vraiment étrange. Nous fûmes propulsés hors du lit pour nous écraser sur une table, puis nous restâmes par terre, jambes et bras entremêlés, tels deux survivants d'un accident ou deux parties d'une météorite qui aurait creusé un cratère dans sa chute. Je me hissai péniblement sur les coudes. Son cou formait un angle bizarre... Je me demandai confusément, le souffle court, si je n'allais pas finalement le voir sans tête.

Je voulus m'asseoir, mais il m'écrasait de tout son poids.

— Oh, zut ! Que s'est-il passé ? articulai-je laborieusement, avec l'impression que chaque mot me déchirait les poumons et que toutes mes côtes étaient collées. Tu vas bien ?

C'était une question inutile. La chaise trônait sur nous et il avait le nez dans ma chemise de nuit. Sa réponse fut inaudible. Je retirai la chemise de nuit de son visage et m'aperçus qu'il avait un œil au beurre noir, à cause du pied de la chaise.

— Qu'est-ce que tu as dit ?

— Que je n'en savais encore rien. (Il me sourit d'un air penaud et à son tour se hissa sur un coude, avec un tressaillement.) Je crois que j'ai fait un faux mouvement.

— Veux-tu quelques glaçons ?

Perdre la souplesse dont il était si fier achèverait de froisser son ego déjà passablement abîmé. Peut-être l'incident était-il dû à son impressionnante consommation de vodka. Il était habitué au bourbon.

Je partis chercher des glaçons et un verre de cognac. Je revins aussi vite que je le pouvais. Il prit une petite gorgée d'alcool et un gémissement franchit ses lèvres tuméfiées, quand je posai la poche remplie de glace sur son cou meurtri. Il avait l'air presque humain.

— Steph...

Je l'avais aidé à se rallonger sur le lit et il me regardait d'un drôle d'air. Je lui calai la tête sous une pile d'oreillers. Il semblait si vulnérable que soudain je paniquai à l'idée que, s'il était cassé, Peter m'en voudrait à mort.

— Et voilà, tout est bien qui finit bien, essayai-je de plaisanter.

Rater le quadruple saut périlleux signifiait sûrement que c'était vraiment fini entre nous.

— Il faudra réessayer, répondit-il en me regardant, d'un œil que le cognac faisait briller.

— Je ne crois pas, dis-je tristement.

— Pourquoi ?

Cette insistance venait sans doute d'une faille de son ordinateur central.

— Tu le sais bien.

— A cause de lui ?

Je hochai la tête. Inutile de répéter. Je le lui avais dit et redit avant qu'il manque me tuer avec son quadruple saut périlleux.

— Il ne mérite pas ça.

— Oh, que si !

— Il ne te mérite pas, dit-il d'un air désenchanté.

— Mais toi non plus, lui souris-je. Tu as juste besoin d'une dame Klone comme toi, avec un dos en acier et un ordinateur en meilleur état que le tien.

— Je t'ai fait mal, Steph ?

— Non, ça va.

La vie serait dure sans lui. Solitaire. Malgré mes dénégations, il allait me manquer. Mais plus encore, j'aurais la nostalgie de ses vêtements bizarres, velours chartreuse, satin jaune citron, Lycra vermillon... sans oublier ses strings léopard. Je n'aurais jamais plus personne comme lui dans ma vie. Pas même Peter... Encore que, chaque fois que j'admirais la splendide nudité de son Klone, c'était à Peter que je pensais.

— Pourquoi l'aimes-tu ?

— Je ne saurais te l'expliquer. Cela me semble normal, c'est tout.

— Vraiment ?

Il me scrutait toujours. Je lui pris le verre de cognac et y trempai mes lèvres. L'alcool me brûla la gorge.

— Cela me semble normal aussi, fit-il dans un murmure.

— Ne recommence pas ! l'avertis-je, voyant ses cils battre comme des ailes de papillon.

Son coquard sous l'œil lui rappellerait longtemps le quadruple saut manqué.

— Steph, reprit-il. J'ai un aveu à te faire.

— Quoi encore ?

Plus rien ne pouvait me surprendre.

— Je ne l'ai jamais appelé.

— Qui ça ? Peter ? Parce que tu aurais dû lui téléphoner ?

D'ailleurs, Peter non plus ne m'avait pas appelée. A cette heure-ci, il devait se pâmer dans les bras de la sœur jumelle d'Helena à San Francisco.

— Non, Paul.

— Quel Paul ? Comment ça, Paul ?

La fatigue m'écrasa d'un seul coup. Je ne comprenais rien à son étrange confession. Visiblement, le cognac ne lui réussissait pas.

— Il est toujours à l'entrepôt, sans sa tête.

— Mais qui...

Ma question mourut sur mes lèvres. Et, très lentement, tandis que je le regardais fixement, les mots qu'il avait prononcés se frayèrent un chemin jusqu'à mon cerveau. Non, ce n'était pas possible. Il n'aurait pas fait ça.

— Qu'est-ce que tu racontes ?

— Tu as fort bien compris. Je ne suis pas lui. Je suis moi, ajouta-t-il d'un air de petit garçon espiègle.

— Peter ? fis-je d'une voix rauque, comme si je le voyais pour la première fois.

Alors je compris pourquoi nous nous étions ecrasés au sol en plein saut périlleux... J'écarquillai les yeux : ce n'était pas Paul qui se trouvait dans mon lit, mais Peter.

-- Oh, Peter... tu n'as pas pu... pourquoi aurais-tu...

Et tout en bredouillant, je m'écartai, afin de mieux l'observer, mais à part les ecchymoses et le coquard, rien ne pouvait les différencier.

— J'ai cru que tu étais amoureuse de Paul, quand je suis revenu la dernière fois. Et j'ai voulu m'en assurer. Tu m'as tellement manqué quand j'étais en Californie... Je ne pensais qu'à toi, ne rêvais que de toi. A mon retour, tu paraissais si triste, si mélancolique, que j'ai cru que tu l'aimais, lui, et que tu n'éprouvais plus aucune joie à me revoir.

— Moi aussi j'ai cru que tu ne m'aimais plus, murmurai-je, encore sous le choc de sa révélation, et presque furieuse... mais pas tant que ça. Tu avais l'air si froid... si distant...

— Je t'aime, Stephanie. Je t'adore. Simplement, je me disais que c'était Paul que tu voulais.

— Je me le suis demandé une ou deux fois, répondis-je, avec un sourire, mais très vite, j'ai compris que la question ne se posait pas. Il n'est pas réel. Toi, tu l'es. Et tu es bien plus merveilleux que lui.

Je me penchai pour l'embrasser. Il tressaillit de douleur quand je le touchai, mais il me rendit mon baiser. Et j'eus alors la réponse à toutes mes questions.

— Je suis incapable d'effectuer le quadruple saut périlleux, dit Peter, d'un ton plein de regrets. Je ne peux pas boire le tiers du quart de ce qu'il ingurgite.

J'ignore comment ils l'ont programmé, mais je sais que demain j'aurai une abominable gueule de bois.

— Bien fait ! le taquinai-je, me blottissant contre lui, en tirant les couvertures sur nous.

Je le sentis qui tremblait. Ç'avait été une soirée hors du commun.

— Mais il y a un tas de choses que je peux faire comme lui, sourit-il, et il m'enlaça.

— Mieux, même. Je suis trop vieille pour la partie acrobatique de la chose.

— Et moi je suis trop vieux pour te perdre, ma chérie. Je t'aime. Je ne veux pas passer à côté de quelqu'un d'aussi formidable.

C'était exactement ce que j'aurais voulu que Roger me dise des années plus tôt. Il ne l'avait pas fait. Peter était l'homme que j'avais attendu toute ma vie.

— Où est Paul maintenant ? demandai-je, trop curieuse pour me taire.

J'avais peine à croire qu'il n'avait pas passé la soirée avec moi... Ces vêtements... Ces plaisanteries... L'iguane... Peter avait été plus que convaincant.

— Il est à l'entrepôt et il va y rester. La tête dévissée jusqu'à la fin des temps. Après Noël, je t'emmène en Californie. Dorénavant, quand je voyagerai, tu m'accompagneras. Nous trouverons une gouvernante pour les enfants, afin que tu puisses venir avec moi.

Il m'attira contre lui et je l'entourai de mes bras, incapable d'en croire mes oreilles. Je vivais un rêve. Et tout ce qui avait précédé n'avait été qu'un cauchemar.

— Pourquoi n'y avons-nous pas pensé dès le début ?

— Parce qu'au début j'ai sincèrement cru que tu t'amuserais bien avec lui. Et les enfants aussi. Je l'ai réactivé pour toi... J'étais sûr qu'il te plairait.

— Et il m'a plu. C'est après que tout a dégénéré. Je préfère engager une gouvernante et partir avec toi.

— Est-ce que les enfants ne se sentiront pas rejetés ?

— Ils sont suffisamment grands pour se débrouiller sans moi de temps en temps.

Là, une nouvelle idée me traversa l'esprit. Je regardai Peter.

— Qu'allons-nous faire de l'iguane ?

— Considère-le comme un dernier cadeau de Paul.

— Il le faut ?

Ce n'était pas précisément la meilleure nouvelle de la soirée, mais je ne voulais pas faire de peine à Peter, ni briser le cœur de mon cher petit Sam. Si le monstre n'apparaissait pas au petit déjeuner pour lorgner mon bol de céréales, eh bien... on verrait. Peut-être pourrions-nous lui acheter une cage, ou louer pour lui le studio d'à côté.

— Tu apprendras à l'aimer, promit Peter.

Il souffla les bougies et me serra tendrement contre lui.

— La dernière fois que tu as dit quelque chose de ce genre, ma vie s'est transformée en désastre. Grâce à Paul.

Le souvenir des facéties du Klone m'arracha un sourire. Il me semblait impensable, après tant d'aventures et de pérégrinations, de me retrouver dans les bras de Peter.

— A partir d'aujourd'hui, je me charge personnellement de transformer ta vie en désastre... Peut-être devrais-je conserver le pantalon lamé or, en souvenir, ajouta-t-il doucement, tout engourdi de sommeil.

Je le regardai en me demandant comment tout cela était arrivé. Je ne le comprendrais jamais tout à fait, j'en avais conscience. Etait-ce un tour de mon imagination ? J'avais peine à croire que cette histoire s'était réellement produite.

— Je t'aime, Stephanie... Je suis là maintenant, chuchota-t-il.

Il s'endormit dans mes bras. Le sommeil me gagnait ; je me laissai sombrer dans le puits des songes, confiante. Peter était là, j'étais là, et je lui appartenais. C'était si simple, finalement. L'espace d'une fraction de seconde, j'eus une pensée pour Paul, tandis que mes yeux se fermaient. Je sus alors qu'il ne me manquerait pas. Que l'aventure était terminée. Que nous n'avions plus besoin de lui. A partir de maintenant, nous serions ensemble. Nous deux, sans le Klone. Juste Peter et moi. Pour toujours...

DANIELLE STEEL

370 millions de livres vendus dans le monde.

39 best-sellers.

Ça fait rêver !

Retrouvez ce grand auteur
chez **POCKET**,
dont les histoires vraies
et simples s'appuient sur une
incomparable compréhension
des sentiments humains.

Bonne lecture !

Cinq jours à Paris

N° 10226

Une rencontre coup de foudre à Paris dans les couloirs du Ritz. Cinq jours merveilleux de bonheur commencent. Jusqu'à quand ?

Coups de cœur

N° 2981

Que se passe-t-il quand un homme de quarante ans, blessé par la vie et qui s'est bien juré de ne plus jamais tomber amoureux, rencontre un soir, par hasard, une femme qui le séduit ?

Disparu

N° 10009

Teddy, le fils de Marielle et de Malcom Patterson, est kidnappé. Aussitôt la police considère le premier mari de Marielle comme suspect numéro 1. Elle le fait inculper et traduire en justice. Au fil des audiences, une vérité invraisemblable s'impose peu à peu.

La foudre

N° 10232

Alors qu'Alexandra, à quarante-deux ans, est au comble du bonheur, c'est le drame : elle apprend qu'elle a un cancer du sein. Commence alors une longue descente aux enfers : l'opération, la chimiothérapie puis la séparation d'avec un mari incapable de faire face. Un drame actuel décrit avec la tendresse et la délicatesse de Danielle Steel.

Joyaux
N° 10001
À l'occasion de son soixante-quinzième anniversaire, Lady Whitfield se souvient... Amante passionnée, femme d'affaires, mère de famille, une vie bien remplie où tout n'a pas toujours été facile.

La maison des jours heureux
N° 10432
Au-delà de sa splendeur, souvent menacée, la maison des jours heureux va constituer la mémoire et le ciment de toute une famille. La somptueuse demeure au dôme multicolore, détentrice de tous les secrets, demeurera l'unique point d'ancrage de tous, au fil de leurs joies, de leurs peines et de leurs vicissitudes.

Malveillance
N° 10430
Lorsque, à vingt ans, seule au monde, Grace arrive à Chicago, personne ne connaît son passé ni les terribles épreuves qu'elle a traversées. Elle ne cherche que le calme et l'oubli et mène une vie sans histoire. Au moment où elle découvre enfin l'amour, la presse à scandales s'empare de sa vie... Elle va alors être emportée dans une épouvantable tempête.

Naissances
N° 10002
Diane et Andrew, Barbara et Charlie, Pilar et Brad se marient le même jour. Mais ces trois couples ne sont pas égaux face à la maternité : Diane ne peut pas avoir d'enfant, Barbara n'en veut pas et pour Pilar, il est sans doute trop tard.

Plein ciel
N° 10231
À dix-sept ans, Cassie n'a qu'une idée en tête : devenir aviatrice. Mais son père, propriétaire d'un petit aéroport de l'Illinois, refuse de lui apprendre à piloter. Nick Galvin, l'associé de son père, lui donne des cours en cachette. Après avoir remporté un concours de voltige, commence alors pour Cassie une grande carrière, une folle ascension et une vie pleine de turbulences amoureuses.

Un si grand amour
N° 4170
Tous les rêves dorés d'Edwina s'engloutissent dans le naufrage du «Titanic» à bord duquel elle voyage. Ses parents et son fiancé disparaissent dans la catastrophe et elle devient chef de famille. Un superbe portrait de femme dans les années folles.

Imprimé en France sur Presse Offset par

BRODARD & TAUPIN
GROUPE CPI

4333 – La Flèche (Sarthe), le 02-10-2000
Dépôt légal : octobre 2000

POCKET – 12, avenue d'Italie - 75627 Paris cedex 13
Tél. : 01.44.16.05.00